돈에 지친 당신을 위한

미라클 노트

저절로 돈이 붙는 마음공부 안내서

돈에 지친 당신을 위한
미라클 노트

저절로 돈이 붙는
마음공부 안내서

이선경

"내가 무거웠을 뿐, 삶은 처음부터 즐겁고 가벼웠다"

인간사랑

차례

**5장
감사가
다 해준다**

돈아, 친구가 되자!

'누구나 꿈을 꾸고, 꿈을 이루는 세상. 누구나 진짜 나로 사는 세상.'

내가 글을 쓰는 이유다.

'내가 진짜 삶에서 원하는 것은 무엇인가? 나는 어떤 삶을 살고 싶은가? 진짜 나는 누구인가?' 삶에서 한 번도 묻지 않았던 질문들을 하기 시작한 것은 지금으로부터 10년 전이다. 그 질문에 대한 답을 찾아가며, 좀 더 그 답에 맞게 의도적으로 삶을 꾸려온 것은 이번 생애 나의 가장 큰 행운이었다.

경제적 자유. 창의적인 일을 하며, 진심으로 사람들을 돕는 것. 이것이 내 꿈이었다. 그리고 그 꿈의 여정에서, '돈'을 직면하고, '돈'에 대해 다시 태어나는 것은 피할 수 없는 운명이었다. 한 계단씩 변화하고 성장하며, 마지막에 내가 도달한 메시지는 '**돈을 귀하게 여기라**'는 것이다.

"돈아, 사랑해.

나는 네가 정말 귀하게 대해졌으면 좋겠어.

나는 네가 정말 귀하게 쓰였으면 좋겠어."

돈은 나의 거울이다. 내가 돈을 '귀하게' 여기면 돈도 나를 '귀하게' 여기고, 내가 돈을 '함부로' 여기면 돈도 나를 '함부로' 여긴다.

돈은 보이지 않는 내 내면의 정확한 반영이다. 내가 나를, 내 삶을 어떻게 대하고 있는지 돈을 보면 알 수 있다. 돈이 바뀌기 전에, 내가 먼저 바뀌어야 하는 이유가 바로 여기에 있다.

돈에게 사랑받으려 하지 않고, 내가 먼저 돈에게 사랑을 주는 것. 돈이 나에게 준 것을 알아보고, 고마워하는 것. 나는 '이미' 돈에게 '사랑받고 있었음'을 깨닫는 것. 미라클 노트를 쓰며, 나는 돈을 귀하게 대하는 습관을 길렀다.

그리고 돈에 얽힌 뿌리 깊은 감정에 직면하면서 돈을 바라보는 눈을 바로잡았다. 지금 돌아보니 그것은 돈에 대한 눈이 아니라, 내 삶에 대한 눈, 나 자신에 대한 눈이었다. 그렇게 나는 돈이 '없는' 세계에서 돈이 '있는' 세계, 돈이 '많은' 세계, 그리고 돈이 '점점 많은' 세계로 나아갔다.

나는 가난하다는 인식, 돈이 항상 부족하다는 인식, 돈은 나를 힘들게 하며, 나의 꿈은 불가능하다는 인식을 나는 부자라는 인식, 나는 돈이 충분하다는 인식, 돈은 나를 즐겁게 하며 나의 꿈은 이미 이루어졌다는 인식으로 바꾼 순간에 내 깊은 내면의 스위치는 켜졌다. 한순간 반짝이고 끝나는 열정이 아닌, 그 어떤 장애물이나 어떤 실패와도 뜨겁게 춤출 수 있는 지치지 않는 열정이 나의 저 깊은 내면에서 올라왔다.

'반드시 꿈을 이뤄야 해!' 이를 꽉 물며 나 자신을 옭아맸던 나에서, '꿈이 왜 꼭 이뤄져야 해?' 해맑게 웃으며 지금 이 순간을 즐기는 여유가 생겼다. '언제쯤 뜰 거니?'라고 자신을 재촉하던 내가, 일어서고, 걷고, 뛰는 그 한순간 한순간을 사랑하게 되었다. 불안해하고, 걱정하는 대신, **작은 결과에 감사하고, 어제와 다른 나를 인정해주게 되었다.** 갓 태어난 아기가 몸을 뒤집고, 서고, 걷고, 뛰게 되는 것처럼, 나 또한 멈추지 않고 끊임없이 성장하며 꿈을 위해 달려가고 있기 때문이다.

이 책은 꿈을 찾고, 꿈과 함께 한 나의 10년의 여정이다. 성공에 대한 욕망이 가득 찬 20대 소녀에서, 진짜 나 자신에게 다가가고 나 자신을 더 좋아하게 된 나의 성장 일기다. 잠깐 반짝이고 없어지는 불꽃이 아니라, 언제나 곁에 있는 푹신한 안락의자 같은 삶을 꾸리기로 선택한 나의 마음 여행 스토리이다.

나는 세상을 좀 더 좋은 곳으로 만들고 싶다. 많은 사람들이 자신의 꿈을 이루기를 바란다. 그리고 나의 이야기를 나눔으로써 그 실현에 보탬이 되고 싶다. 나의 나눔이 삶의 진실을 나눌 수 있는 좋은 방법이 되기를 희망한다.

나의 글이 나에게 그랬듯, 나의 글을 읽는 모든 사람이 진짜 자신을 마주할 수 있기를. **세상의 유일한 존재, 완벽한 존재**, 그런 진짜 자신을 만날 수 있기를 희망한다.

1장
거울 앞에
서다

내 목표는 대기업 정규직입니다

남 보기에 그럴듯한 삶. 이것이 나의 20대 때 꿈이었다. 10대 때 나의 꿈은 '남 보기에 그럴듯한 대학에 가는 것'이었다. 초등학교 때 정말 재밌었던 공부는, 중학교, 고등학교를 거치며 점점 재미가 없어졌다. 새로운 무엇을 알아가는 재미가 아닌, 시험 성적과 등수가 중요해졌기 때문이다. 나의 성장이 아니라 평가와 비교, 다른 사람과의 경쟁이 중요해지면서 공부의 재미는 완전히 사라졌다.

진짜 내 기쁨. 내 삶의 목적. 세상 누구도 이것이 행복을 위해 중요하다고, 이것을 나 자신에게 물어야 한다고 말해주지 않았다. '나 자신의 목소리'가 '다른 사람이 보는 나'보다 중요하다고 알려주지 않았다. 그래서 내 꿈에는 내가 없었다. 대신 남이 있었다. 그렇게 나 자신이 누구인지 알지 못한 채, 나는 스물여섯이 되었다. 대기업 인턴을 시작했고, 자연스럽게 정규직 입사가 꿈이 되었다.

마천동에서 여의도까지 한 시간 반이 걸리는 출근길이었지만, 팀에서 가장 먼저 출근했다. 몸은 천근만근이었지만, 지하철 출근

길에서 웃는 연습을 했다. 밝고, 성격 좋은 인턴이 정규직이 될 수 있다고 믿었기 때문이다. 지하철에서 웃는 연습을 하다가 맞은 편에 앉았던 남자에게 연락처를 받기도 했다.

하이힐을 신고 횡단보도에서 졸기도 하고, 화장실에서 양치를 하며 잠들기도 했다. 나는 항상 피곤했다. 그래도 행복했다. 희망이 있었기에. 이렇게 노력하면, 이렇게 고생하면, 반드시 내 꿈과 목표를 이룰 것이라는 희망이 있었기에 버틸 수 있었다.

"사장님, 이건 제가 인턴을 하면서 쓴 보고서입니다. 5개 주요 증권사의 수익 변화를 분석했습니다. 쓰는 동안 정말 최선을 다했고, 쓰면서 정말 이 일을 하고 싶다는 열정이 더욱 커졌습니다. 제 면접 점수에 꼭 반영해 주셨으면 좋겠습니다."

6개월 인턴 기간이 끝나며 시작된 정규직 면접. 마지막 임원 면접에서 나는 승부수를 던졌다. 인턴을 하며 썼던 수익분석 보고서를 사장님께 직접 건넨 것이다. 그만큼 간절했다. 꼭 붙고 싶었다. 그리고 2주 뒤, 정규직 사원 합격자 발표 날. 컴퓨터 화면에 뜬 결과를 본 나는 바로 화장실로 갔다. 그리고 우느라 2시간 동안 밖에 나오지 못했다. 살면서 가장 오래 운 적이 그때가 아니었을까? 그동안 했던 고생이, 그 노력이 아무것도 아니었음을 두 눈으로 확인한 순간이었다.

대기업 정규직 사원. 나의 목표는 처참히 무너졌다. 그리고 세상에 대한 믿음도 완전히 무너졌다. '아무리 노력해도 난 안되는구나.' 배신감이 몰려왔다. 앞으로 어떻게 살아야 할까? 분명히 될 거라 믿었던 목표가 사라지니 모든 것이 허무했다. 가족에게도, 주변 친구들에게도 창피했다. 어디라도 숨고 싶었다. 하지만 어떻게든 정신을 차려야 했다. 내가 아무리 울어도 세상은 그대로 잘 돌아가고 있었다.

'이대로 죽지 않아. 두고 봐, 반드시 난 성공할 거야.' 세상에 대한 믿음이 무너진 자리에 뜨거운 욕망이 자리 잡았다. 오기였다. 세상에 보여주고 싶었다. 더 큰 목표를 잡아 뜨겁게 달리는 것. 제대로 세상에 나를 보여주는 것. 실패에서 벗어나기 위해 내가 택한 길은 그것이었다.

성공하고 싶고, 돈을 많이 벌고 싶은 욕망이 내 안에서 뜨겁게 꿈틀거렸다. 내가 받은 상처만큼, 내가 느꼈던 실패의 고통만큼, 세상에 보여주고 싶었고, 보상받고 싶었다. '성공하고 싶다. 부자가 되고 싶다.' '실패'에서 오는 뼛속 깊은 열등감은 내 욕망이 뜨겁게 타오르도록 기름을 퍼부었다. 그리고 나는 MBA에 갔다. 우리나라에서 가장 비싼 사립대학교 MBA에, 인턴 6개월 말고는 회사에서 일한 경험이 하나도 없었던 내가 말이다.

스물일곱 그리고 MBA

10년 전도, 지금도 나의 꿈은 행복한 사람이 되는 것이다. 다른 점이 있다면, 행복의 기준이다. 10년 동안 행복에 대해 확실히 알게 된 것이 있다. 행복은 이미 정해진 기준에 나를 맞추는 것이 아니다. 행복은 나의 기준을 찾는 것이다. 행복은 나를 아는 것이다. 그리고 나를 다시 찾는 것이다.

스물일곱, 내 꿈은 내가 다니는 회사, 명함, 그리고 나를 보는 다른 사람의 눈에 있었다. 남들이 정해놓은 기준에 나를 맞추는 것에 행복이 있다고 믿었다. 그래서 내 행복이 무엇인지 나에게 묻지 않았다. 세상이 정해놓은 그 기준에 따르기만 하면, 저절로 행복이 온다고 믿었다.

SKY 졸업장을 가지면, 대학원을 졸업하면, 남 보기에 그럴듯한 회사에 취직하면, 행복이 스스로 찾아온다고 믿었다. 하지만 그 순진함의 대가는 감당하기 어려운 엄청난 스트레스로 다가왔다. 세상에서 살아남는 것이 중요했다. 삶은 즐거운 여행이 아니라 무거운 생존이 되어 버렸다.

'왜 나는 아무리 노력해도 행복하지 않은 건가요? 이렇게 발버둥 치며 힘들게 살라고 나를 이곳 지구에 보내셨나요? 이게 정말 당신의 뜻인가요?'

10년 전 겨울, 나는 보스턴에 있었다. MBA 프로그램의 일부였던 교환 학생 프로그램을 듣기 위해서였다. 수업을 듣기 위해 처음 찾은 미국. 너무나 가고 싶었던 그곳 보스턴에 있었지만, 나는 하나도 행복하지 않았다. 그토록 꿈꿨던 미국에서 처음 맞은 주말, 보스턴 대학교 근처 성당에서 나는 혼자 울며 기도했다. 엉엉 울며 신에게 울부짖었다.

그때 나는 말 그대로 엉망이었다. 겉으로 내색하지 않았지만, 마음은 모두 불타버려 새까맣게 재만 남은 것처럼 처참했다. 아무리 열심히 달려도 잡을 수 없는 행복. 어둡고 희미한 안개 속을 혼자 걷는 것처럼, 삶이 혼란스러웠다. 말 그대로 번아웃이었다.

아무리 열심히 살아도, 노력하고 노력해도 내 삶에 만족하지 못했다. 남과 비교하느라 나 자신을 좋아하지 못했다. 다른 사람이 나를 어떻게 보는지 신경 쓰느라 나의 눈을 잃었다. 밖의 기준에 맞추느라 나의 세상을 사는 법을 잊은 것이다.

'이제 정말 지쳤어. 이젠 진짜 내가 누구인지 알고 싶어.' 서울로 오는 비행기 안에서 다짐했다. 내가 왜 이곳에 있는지, 삶의 의미가 무엇인지, 진짜 나는 누구인지 알고 싶었다. 한 번도 삶에서 묻지 않았던 질문을 하기 시작한 것이다.

지금까지 살았던 방식으로는 행복해질 수 없다는 사실을 알았다. 답을 찾고 싶었다. 다르게 살고 싶었다. 행복해지고 싶었다. 힘들게 노력하는 삶. 애쓰는 삶이 아니라 행복한 삶을 살고 싶었다. 그리고 그런 삶을 살기 위해 나는 반드시 그 답을 찾아야 했다.

나는 정말 꿈을 이룰 수 있는 사람일까?

"창업을 하고 싶어요!"

"그래? 아이템이 뭔데?"

"아이템은 아직 없는데, 그냥 저는 창업을 할 거예요. 세상을 바꾸는 일. 세상에 가치를 주는 일로 부자가 될 거예요. 두고 보세요."

빠르게 성공할 수 있는 길. 빠르게 돈을 벌 수 있는 길이 필요했다. 그때 창업이 눈에 들어왔다. 세상을 바꾸며 빠르게 부자가 되는 길. 바로 지금의 나를 위해 만들어진 길 같았다.

삶에서 몇 번 실패한 나였지만, 나에게는 아직 새롭게 시작할 용기가 있었다. 취업을 위해 MBA에 왔지만, 과감히 길을 틀었다. 그리고 **그 선택이 나의 삶을 완전히 바꿨다.** 창업을 결심하고 아이템을 찾기 시작했다. 그리고 그 아이템은 바로 나로부터 시작되었다.

'창업을 하고 싶어. 부자가 되고 싶어. 내 꿈을 꼭 이루고 싶어.'

'아니, 넌 안될 거야. 능력도 별로 없고, 그렇다고 특별한 인맥이 있는 것도 아니고, 집안도 그저 그렇고. 게다가 여자잖아. 너 주변에 여자 창업가가 있어? 없지? 특별할 것 하나 없는 네가 무슨 창업을 한다고. 그냥 주어진 대로 살아. 꿈은 무슨.'

창업을 결심한 그날부터, '내 안의 나'는 끊임없이 '나에게' 말을 걸어왔다. 나는 그래도 할 수 있다고 나 자신을 설득했다. 하지만 할 수 없는 이유, 하면 안 되는 이유를 끊임없이 말하는 나에게 나는 점점 더 지쳐갔다.

'이렇게 끊임없이 '나'에게 안된다고 말하는 '나'는 도대체 누구일까? 왜 '내 안의 나'는 이렇게 나와 다른 말을 하는 걸까? 진짜 '나'는 도대체 누구일까?' 궁금했다. 책을 읽기 시작했다. 모든 답이 책에 있다고 믿었던 나였기에 학교 도서관에 가서 닥치는 대로 책을 읽으며 답을 찾았다. 하지만 답을 찾을 수 없었다.

'그래, 교수님들은 답을 아시겠지. 나보다 훨씬 똑똑한 분들이니.' 창업학 교수님들을 찾아 상담을 받았다. 하지만 그것도 소용없었다. 나는 여전히 꿈과 꿈을 가로막는 내 목소리 사이에서 갈피를 잡지 못했다.

그 어떤 책도, 그 어떤 교수님도 나를 가로막던 그 머릿속 목소리가 내가 아니라는 것을 알려주지 못했다. '내 안의 꿈이 나일까? 아니면 안 된다고 말하는 내가 진짜 나일까? 왜 이렇게 나는 나 자신을 힘들게 하는 걸까? 나는 정말 꿈을 이룰 수 있는 사람일까?'

2011년 이른 봄, 추적추적 비가 내리는 모두 잠든 새벽, 조용히 혼자 책장을 넘기며 다짐했다. 나는 반드시 답을 찾으리라.

포럼이 준 선물

"결국 가장 중요한 건 '눈'이에요. 세상을 바라보는 '눈'. 그 '눈'이
모든 걸 바꿀 수 있어요."

나른한 어느 오후, 시간이 비어 얼떨결에 듣게 된 MBA 특강
에서 나는 그야말로 눈이 번쩍 뜨였다. MBA 특강을 위해 초빙되
었던 외국계 IT기업 부회장님의 '눈'이 가장 중요하다는 말 한마디
였다. 왠지 내가 찾고 있는 답에 가까워지고 있는 느낌이었다.

'이 분이 내가 가진 문제의 답을 갖고 있을지 몰라. 꼭 한번 다
시 만나봐야겠어.' 강의 후 명함을 받아 바로 이메일을 보냈다.

"오늘 강의 정말 잘 들었습니다. 정말 감명 깊었어요. 언제 한번
시간을 내주시면, 오늘 강의를 들은 학우들과 함께 찾아뵙고 강
의 내용에 대해 더 얘기 나누고 싶습니다."

일주일 뒤, 학교 근처 식당에서 자리가 마련되었다. 꿈과 머릿

속 목소리 사이에서 방황한 지 8개월이 지날 때쯤이었다. 그리고 그 자리에서 부회장님은 우리를 한 포럼에 초대했다.

그 당시 나는, 내 의문에 대한 답을 찾을 수만 있다면 무서울 것이 없을 정도로 거침없었다. 일주일 뒤, 포럼에 초대받아 부회장님을 다시 만났다. 너무나 훌륭하고 좋은 포럼이었지만, 당시 학생이었던 나에게 포럼 비용은 만만치 않았다. 한 번 더 고민해보기로 하고 자리에서 일어나려는 찰나, 부회장님은 자신의 애기를 담담하게 털어놓기 시작했다.

"내가 포럼을 하고 어떻게 달라졌는지 나눠주는 게 아마도 선경 씨에게 도움이 될 것 같아요. 선경 씨가 보기에 나는 꽤 성공한 사람처럼 보이죠? 박사 학위에, 대기업 부회장에, 커리어로는 남 부럽지 않은 게 사실이죠. 그런데 말이에요. 신기하게도 나는 포럼을 하기 전까지 단 한 번도 내가 똑똑하다고, 성공했다고 느낀 적이 없어요. 그리고 왜 그런지 그 이유를 이 포럼을 하며 알게 됐죠."

갑자기 무언가에 머리를 맞은 듯, 부회장님의 애기를 듣고 나는 강한 충격에 휩싸였다. 여기에 내가 찾던 답이 있겠다는 느낌이 왔다. 그 답을 찾을 수만 있다면, 비용은 아무래도 좋았다. 이 포럼에서 '진짜 나'를 찾을 수만 있다면, 내가 그토록 고민했던 답을 알 수만 있다면, 더 이상 바랄 것이 없었다.

그렇게 한 달 뒤, 포럼에 참석했다. 내가 삶에서 경험했던 모든 것을 통틀어 가장 강한 충격. 이것이 내가 기억하는 포럼이다. **내 질문에 대한 완벽한 답을 주었던 곳.** 그토록 찾고 찾았던 그 답을 시원하게 보여준 곳. 나라는 존재가 누구인지 명확하게 보여준 경험. 지금 다시 떠올려도 짜릿한 전율이 느껴지는 그 경험은, 내 인생에서 가장 큰 선물이요, 가장 돌아가고 싶은 순간이 되었다.

⭐ 망했습니다

나는 서른에 창업을 했다. '진짜 나'를 깨달은 순간. 나를 붙잡고 있던 그 모든 생각이 내가 아님을 확실하게 안 그 순간. 포럼에서 경험한 그 순간이 너무 소중했다. 나 혼자 알고 싶지 않았다. 나누고 싶었다. 비록 가진 것은 없지만 진심이 있었다. 그리고 그 진심이 통할 것이라고 굳게 믿었다.

"창업해서 꽤 오래 일했었네. 근데 왜 갑자기 다시 회사에 다니려고 해요?"
"망해서요. 창업해서 망했습니다"

창업한 지 3년 후, 나는 망했다. 진심이 나에게 준 것은, 5000만 원의 빚이었다. 스타벅스에 갈 수 없어 문 앞에서 발걸음을 돌려야 했다. '거봐, 넌 역시 안 되잖아. 네가 틀렸어. 네 인생은 이제 망했어.' 신이 나에게 등을 돌린 것 같았다.

어떻게든 먹고 살아야 했다. 닥치는 대로 회사에 지원했다. 정확히 200번 이력서를 넣었고, 8번 면접을 봤다. 면접에서 항상 묻는 말은 왜 다시 회사에 지원하는가였다. 어떻게든 피하고 싶은 질문이었다.

'그래, 이젠 피하지 말자. 인정하자. 실패했다고, 망했다고.' 그렇게 마음먹고 나간 면접에서 나는 처음 합격 소식을 들었다. 마이크로소프트였다.

나는 내가 창업에서 실패한 것이, 내가 능력이 부족했기 때문이라고 생각했다. 간절함과 열정만 있었다. 한 마디로 준비 없이 무모했다.

'그래, 인생에서 정말 좋은 경험 한번 했다고 생각하자. 젊었을 때 실패한 게 좋은 거야. 그래야 쉽게 일어날 수 있지. 잘한 거야, 잘했어.' 이렇게 덮고 그냥 지나쳐 버렸다면, 아마 이 책은 없었을 것이다. 나는 무모할 뿐 아니라 집요했다.

'빨리 빚 갚고 다시 시작해야지. 이게 정말 내 일이야. 난 절대 포기 못 해. 꼭 내 꿈을 이루고 말 거야.'

마치 두 집 살림하는 남자처럼, 몸은 회사에 있었지만 마음은 늘 창업을 준비하고 있었다. 빚이라는 무거운 짐을 떼어 버리고, 얼른 다시 내 꿈으로 돌아가고 싶었다. 처음만큼, 아니 그보다 더 간절하게.

거울 앞에 서다

3년 동안 일해 빚을 모두 다 갚은 날, 나는 회사를 나왔다. 내가 일하던 포지션이 한국 오피스에서 없어지면서, 계획에 없던 백수가 된 것이다. 억울했다. '이렇게 돈 때문에 힘들게 사는 게 정말 내 운명인 걸까? 왜 이렇게 돈은 나랑 뭐가 안 맞을까? 왜 나는 이렇게 항상 돈 때문에 힘들어야 하지? 왜 힘들게 일해도, 돈이 없는 거야? 열심히 살아도 전혀 소용이 없잖아.'

그렇게 나의 돈 공부는 시작되었다. 나는 집요한 면이 있다. 한 번 마음 먹고 시작한 것은 끝을 봐야 한다. 그래서 삶에서 한 번 더 배수진을 치기로 했다. '돈에 대해 제대로 한번 마음공부를 해보자. 돈, 그래 돈. 돈이 날 다시는 괴롭히지 못하게 하자. 돈과 완전히 새롭게 시작하자. 이 악연을 확실히 끊어내자.'

그렇게 나는 거울 앞에 섰다. 진짜 돈을 보기 위해서. 그것은 돈에 붙어있는 감정을 떼어내는 과정이었다. '나의 돈'에는 '내가 인식하지 못했던 나 자신'이 묻어있었다. 남과 비교하는 열등감, 나는 부족하다는 수치심, 어찌할 수 없다는 패배의식, 그리고 그 모든 것이 만드는 욕망과 집착. 돈은 인식하지 못한 내 뿌리의 결과였다. 그 뿌리를 뒤집어야 했다.

나는 그저 살아남기 위해 이 지구에 있는 것이 아니다. 소중한 나의 삶을 창조하기 위해 여기 있다. 그리고 그런 삶을 살아내기 위해서는, 반드시 돈과 친구가 되어야 한다. 돈과 적이 되는 순간, 나는 생존을 위해 살게 된다. 삶이 힘들고 어려워진다. 그리고 그것은 진정한 내가 아니다.

진짜 나는 삶이 쉽다. 즐겁다. 자연스럽다. 돈은 그 흐름 안에서 나에게 온다. 내가 아니라 돈이 먼저 온다. 나는 돈 때문에 흔들리지 않는다. 그런 이유로 돈이 알아서 붙는다. 삶은 언제나 나에게 충분히 주고, 나는 충분히 기뻐한다. 돈은 신의 다른 모습이다. 돈은 따뜻하다. 돈은 나를 돌보아준다.

나는 창업의 실패가 소중한 선물임을 안다. 그 실패 덕분에 나는 돈이 쉬워졌다. 내가 돈의 적이었음을 알았고, 내가 나를 힘들게 했음을 알았다. 그리고 돈과 다시 만날 수 있었다. 돈을 소중히 하는 것이, 나를 소중히 하는 것임을 알았다. '돈'이 '나'임을 알았다.

돈은 진짜 나를 만나게 해주었다. 돈에 붙은 감정을 모두 떼어낸 순간, **모든 것은 충분하고 완벽했다.** 애쓰지 않아도 완벽한 나. 이미 모든 것을 가진 나. **살아남기 위해서가 아니라 사랑하기 위해서.** 내 삶의 목적은 다시 제 자리를 찾았다. 그리고 행복은 당연한 것이 되었다.

2장
돈은
쉽다

돈이 원하는 것

작년 여름, 창업할 때 빌렸던 5,000만 원의 빚을 모두 다 갚고, 내 통장 잔고는 0이 되었다. 그리고 회사를 그만두게 됐다. 이제야 비로소 빚을 다 갚고 돈을 모아 독립을 꿈꿨는데, 그 모든 희망이 날아간 것이다.

'왜 나는 항상 이렇게 돈 때문에 힘들까? 돈은 왜 내 인생의 폭탄인 거지? 왜 항상 이렇게 내 발목을 잡는 걸까?' 화가 나고 억울했다. 언제나 내 편이 되어주지 않고, 나에게서 등 돌리는 돈이라는 녀석. 어떻게 하면 그 녀석과 손잡고 인생을 편안하게 살아갈 수 있을까? 위기를 기회로 만들고 싶었다. 그리고 그렇게 돈에 대한 나의 진지한 성찰은 시작됐다.

성찰을 통해 내가 얻은 가장 큰 통찰은, **돈도 나와 같은 존재라는 것**이다. **내가 바라는 인정과 존중, 따뜻한 사랑을 돈도 원한다는** 것이다. 그래서 나는 그토록 내가 돈에게 원했던 것을 돈에게 먼저 주기로 했다.

'돈아, 미안해. 고마워. 그리고 사랑해.' 돈을 하나의 인격체로 존중하며 사랑한 순간, 그동안 내가 돈에게 가졌던 원한과 상처, 그 마음의 응어리도 조금씩 녹아내렸다. 내 마음이 깨끗하게 씻겨질수록, 자연스럽게 돈과 나는 가까워졌다. 벽이 조금씩 허물어진 것이다.

모든 것이 한순간에 변하지 않는 것처럼, 돈에 대한 나의 눈도 한 번에 변하지 않는다. 그래서 돈에게 주는 표현과 사랑도 매일의 자연스러운 루틴처럼 삶에서 실천하기로 했다. 돈이 나에게 들어올 때마다, 누군가 나에게 식사를 대접하거나 선물을 줄 때마다 혹은 반대로 내가 가진 돈을 통해 좋아하는 화장품을 사거나 맛있는 음식을 먹을 때마다 돈에게 따뜻한 고마움과 사랑을 표현한다. 되도록 노트에 적고, 여의치 않을 때는 마음속으로 말한다. 그렇게 나는 조금씩 변화하며 돈과 가까워지고 있다.

돈 때문에 시작한 일이지만, 돈으로 인해 삶에 대한 전반적인 행복 레벨이 올라간 것을 느낀다. 매일 나는 돈과 함께 살아가기 때문이다. 돈을 사랑하고 돈에 기쁨을 느끼는 것은, 내 삶 전체를 사랑하고 삶 전체에 기쁨을 느끼는 것과 크게 관련되어 있다.

가슴 뛰는 일을 하며 풍요를 누리기 위해서는 그 무엇보다 돈과의 관계가 중요하다. **우리는 생존이 아니라 창조를 위해 이 세상에 태어났다.** 그리고 내가 주인이 되어 내가 원하는 삶을 창조하기 위해서는, 반드시 돈과 친구가 되어야 한다.

돈과의 관계는 내가 만든다. 내가 변화하면 돈과의 관계 또한 변화한다. 아주 쉽게, 나의 관점을 변화시키는 것만으로도 가능하다. 지금까지 돈을 통해 받은 축복을 적어보자. 그리고 당장 오늘부터 돈에게서 받은 고마움을 표현해보자. 표현할수록 고마움은 커지고, 고마움이 커질수록, 돈은 더 쉽게 나에게 다가온다. 바로 그때가 내가 돈의 주인이 되는 시점이다. 풍요를 누리며 내 삶을 창조하는 것은 모두 결국 나에게 달렸다.

진실은 쉽고 간단하다

당신은 돈을 정말 사랑하는가 아니면 두려워하는가? 돈을 떠올리면 내 느낌은 어떤가? 긴장되는가 아니면 편안한가? 이 질문에 대한 당신의 대답에 따라 돈에 대한 당신의 삶은 결정된다.

미라클 노트의 핵심은 **돈을 사랑하는 것**이다. 두려움이 아닌 사랑으로, 나의 존재 방식을 바꾸는 것이다. 나를 힘들게 하는 불편하고 차가운 존재가 아니라, 언제나 나를 도와주는 따뜻하고 든든한 존재로 **돈에 대한 나의 인식을 바꾸는 것**이다.

그냥 열심히만 하면 안 된다. 눈에 보이지 않는, 존재 방식을 먼저 바꿔야 한다. 나의 존재 방식이 '사랑'으로 완전히 세팅되면, 돈과 관련된 상황을 다루기가 훨씬 쉬워진다. 굳이 노력하지 않아도 저절로 된다. 물 흐르듯 자연스럽다. 존재 방식이 세팅되지 않은 상태에서는 아무리 열심히 노력해도 결과를 내기 힘들다. 쉽게 무너지고 쉽게 지친다.

그렇다면 어떻게 돈을 두려워하지 않고, 사랑할 수 있을까? 여기서 우리는 사랑이란 것이 무엇인지 생각해 볼 필요가 있다. 당신은 언제 사랑받는다고 느끼는가? 나를 존중하고, 있는 그대로 받아들여 주고, 내가 베푼 것에 감사할 때, 당신은 그 사람이 당신을 사랑한다고 느낄 것이다. 돈도 마찬가지다. **돈을 존중하고, 돈이 베푼 것에 감사할 때, 돈은 당신에게서 사랑을 느낀다.**

돈이 나에게 준 것에 감사하고, 기쁨을 느끼는 것. 이것이 바로 미라클 노트의 첫 번째 방법이다. 아침을 산뜻하게 열어주는 라떼, 달콤한 마카롱, 한 통 가득한 쌀, 나에게 눈을 선물해 주는 일회용 콘택트렌즈, 지금 글을 쓰며 듣고 있는 유튜브 뮤직, 매일 글을 쓸 수 있게 해주는 노트북, MBA를 마칠 수 있었던 학비, 동생이 사다 준 파리바게뜨 샌드위치, 우리 가족의 편안한 보금자리가 되어주는 집. 삶에서 감사를 느낄 수 있는 것은 끝이 없다.

'느끼는 것'이 미라클 노트의 목적이다. 그래서 머리로 생각하지 말고, 쓰는 것이 좋다. 눈에 보이도록 적으면, 느끼는 감정이 더 커지기 때문이다. 진심으로 돈에 감사를 느끼고 기쁨을 느껴야 한다. 재밌는 게임 하듯, 보물찾기처럼, 숨은그림찾기처럼 돈이 나에게 준 기쁨을 찾아보자. 하루에 3개씩, 5개씩 혹은 10개씩, 나만의 규칙을 정해서 삶의 기쁨을 찾아보자. 그리고 적어보자.

이것이 돈에 대한 두려움에서 사랑으로 가는 가장 확실한 방법이다. 돈을 예뻐하는 것, 돈에 감사하는 것, **돈을 행복하게 하는 것이 당신이 돈을 통해 행복해지는 가장 좋은 길이다.**

당신은 지금까지 돈이 당신에게 준 기쁨에 집중했는가? 아니면 돈 때문에 받은 상처에 집중했는가? 상처에 집중했다면, 지금

이 순간부터 바꾸면 된다. **돈을 바라보는 '당신의 눈'만 바꾸면, 돈은 저절로 바뀐다.** 돈이 먼저 바뀌지는 않는다. 당신이 먼저 바뀌어야 한다.

궁극적으로 변화된 당신의 '눈'으로 인해, 당신의 삶 전체가 바뀔 것이다. 그리고 당신의 '눈'이 바뀌는 그 경험은, 삶에서 아마도 가장 짜릿하고 행복한 경험이 될 것이다. **내가 꿈꾸는 대로 나 자신이 변화하고 성장하는 기쁨이야말로, 우리가 인간으로서 누릴 수 있는 가장 큰 축복이기 때문이다.**

간절히 원하지 않는다

꿈을 이루기 위해 열심히 했던 일이 사실은 삶에서 꿈을 밀어내는 일이었다면, 그 모든 것을 알게 됐을 때 당신의 기분은 어떨까? 허무하다 못해 정말 처참하다. 이는 실제 내가 경험했던 것이다.

꿈을 이루고 싶다면, 간절하지 않아야 한다. 간절함 대신 여유를 가져야 한다. **이미 내 것이면 간절히 원하지 않는다.** 이미 내 것이다. 간절히 원하는 것은, 이 진실을 알지 못하기 때문이다. 부자가되고 싶어 하는 것은 부자가 되는 데 아무런 힘이 되지 못한다. 간절히 원할수록 돈을 밀어낼 뿐이다. 욕망은 힘이 없다. 그 뿌리가결핍이기 때문이다.

10년 전 나는 성공에 대한 욕망으로 가득 찬 사람이었다. 나는 나를 있는 그대로 사랑하지 못했다. 내가 나를 사랑하기 위해서는 조건이 필요했다. 성공하고 부자가 되는 것. 그것으로 내 안의 모든 결핍을 덮고 싶었다. 그럴 수 있다고 믿었다. 결핍을 덮지않고 모두 꺼내어 진심으로 사랑할 때, 진짜 내가 될 수 있다는 것을 알지 못했다. 진짜 내가 되면, 내가 원하는 그 모든 것이 자석에 이끌리듯 알아서 따라온다는 그 진실을 알지 못했다.

'난 자격이 있어. 난 충분해.' 진실은 내가 외부의 것을 간절히 원할 때 오지 않았다. 나의 모든 결핍을 인정하고 받아들였을 때 왔다.

나의 가치를 알면 모든 것이 쉽다. 진실과 손잡으면 모든 것이 쉽고 자연스럽다. 꿈은 바로 거기서 시작되어야 한다. 간절하면 불편하고 부자연스럽다. 꿈을 이루는 데 불편함은 필요 없다.

그럼 나의 가치를 알기 위해, 지금 내가 당장 할 수 있는 일은 무엇일까? 내 안의 꿈틀대는 욕망을 차분히 잠재우고, 나를 바라보자. 내가 가진 것, 내가 누리고 있는 것, 내가 삶에서 받은 축복을 바라보자. 귀를 기울이고, 노트에 적어보자. 기뻐하고 감사하자. 충분히 느끼자. 그 감사와 기쁨이 영감을 줄 것이다. 내 삶의 방향을 인도할 것이다. 그 기분 좋은 흐름을 타자.

결핍이 아니라 기쁨이 나를 움직이는 힘이 되어야 한다. 욕망이 아니라 영감이 나를 움직여야 한다. 만약 10년 전의 나로 돌아갈 수 있다면, 나는 이 기준을 나에게 반드시 적용할 것이다.

당신은 간절할 필요가 없다. 간절함 없이도 당신은 충분하다. '내가 원하면 무조건 돼.' 그 진실을 만나는 것. 그것으로 충분하다. 더 이상 아무것도 필요가 없다.

당신은 어디에 살고 싶은가?

잠실 시그니엘 호텔에는 살롱 드 시그니엘이라는 공간이 있다. 호텔 투숙객에게 무료로 제공되는 장소다. 커피와 와인, 과일, 스낵을 먹으며, 서울이 한눈에 보이는 눈부신 뷰를 즐길 수 있다. 그곳에서 며칠 전 달콤한 과일 향 스파클링 와인을 즐기면서 남편과 대화를 나누었다.

돈과의 관계는 나의 뷰, 나의 시야와 관련이 있다. 길을 걸을 때 보았던 아파트는 아주 커 보인다. 하지만 대한민국 최고 높이 건물에서 바라본 아파트는 귀여운 장난감 같다. 같은 아파트인데, 내가 어디서 보느냐에 따라 이렇게 다르게 보이는 것이다. 지금 나는 어디에 있는가. 어떤 의식 수준에서 돈을 바라보고 있는가에 따라 모든 것이 달라진다.

그리고 이 시야는 나의 존재감과 큰 관련이 있다. '나는 나를 어떤 존재로 생각하는가?' 눈에 보이지는 않지만, 내가 나에 대해 인식하고 있는 이 존재의 느낌이 아주 중요한 것이다. 생각과 감정에 갇혀, 그 생각과 감정을 통해 돈을 바라보는 뷰. 그리고 생각과 감정을 모두 놓아버리고, 진정한 나의 존재로 돈을 바라보는 뷰. 이 둘은 완전히 다르다. 똑같은 세상에 발을 붙이고 살지만, 완전히 다른 세상에 살고 있는 것이다.

전자는 삶이 어렵고 힘들지만, 후자는 삶이 쉽고 간단하다. 전자는 세상이 애써서 노력해야 조금이라도 얻을 수 있는 곳이다. 후자는 세상이 언제나 내가 한 것보다 훨씬 더 많은 것을 얻는 아주 신나는 곳이다. 당신은 어디에서 살고 싶은가?

삶은 아주 쉽고 간단하다. 풍요는 애써 쟁취하는 것이 아니라 당연한 권리다. 따뜻하고, 달콤한 것. 결핍의 개념 자체가 없는 것. 모든 것이 이미 충분한 것. 삶의 진실은 그렇다. 우리가 그 진실을 잊었을 뿐이다.

진짜 나로 살기 위해 돈과 함께 붙어있는 모든 감정을 씻어 흘려보내야 한다. 그래야 돈을 진심으로 사랑할 수 있다. 돈을 진심으로 사랑할 때, 풍요는 나에게 저절로 다가온다. 풍요와 축복이 가득한 '지금 이 순간'. 그것이 진짜 나다.

정말 돈이 문제일까?

　두 커플이 있다. 한 여자는 '이 관계가 행복해야 내가 행복할 수 있어'라고 생각한다. 그녀는 관계에 집착한다. 그리고 그 집착 때문에 스스로 불행해진다. 다른 여자는 그 반대다. '내가 행복하니까 이 관계도 행복한 거야'라고 생각한다. 자기 자신을 맨 위에 둔다. 자신의 행복을 바탕으로 그 관계도 주도적으로 만들어간다.

　예전에 나는 무작정 돈이 많으면 두려움, 불안, 걱정이 사라진다고 생각했다. 하지만 돈이 전부라고 생각한 나의 관념이 오히려 나를 돈과 더 멀어지게 만들었다는 것을 깨달았다. 남녀 관계에서도 그 관계를 내 삶의 전부로 둘수록 오히려 상대와 더 멀어지는 것처럼, 돈과 나의 관계도 그런 것이다.

　돈을 존중하되 집착하지 않아야 한다. 돈에 주었던 중요성을 나 자신으로 가져와야 한다. 돈에 대한 중요성을 버리고, 돈이 아니라 내 삶의 목표에 더 집중해야 한다. 진짜 나 자신으로 존재하면, 풍요는 알아서 따라온다. 진짜 나는 두려움과 불안, 걱정이 없다. 돈이 내 삶의 주인이 아니라 수단이 되었을 때, 진정한 풍요가 찾아온다. 삶이 기쁨으로 가득한 완벽한 풍요의 삶이 창조되는 것이다.

돈이 문제야. 이 문제를 해결하는 가장 간단한 방법은, 돈이 문제가 아니라는 진실을 깨닫는 것이다. 돈이 문제가 아니라, '돈을 바라보는 내 눈'이 문제였다. 그 눈을 만든 '돈에 얽힌 내 감정'이 문제였다. 나 자신이 아니라 돈에 너무 많은 중요성을 부여한 나 자신이 문제였다.

내 눈. 내 감정. 내 삶의 주도권. 이 모든 것을 다시 원래대로 돌려놓으면, 태어났을 때부터 갖고 있던 풍요의 권리를 충만하게 누릴 수 있다. 빛과 물, 공기는 우리가 태어났을 때 충만히 받은 것이다. 풍요도 그렇다. 풍요는 원래 갖고 태어난 당연한 권리다. 풍요를 막고 있는 내 안의 생각과 감정을 놓아주면, 풍요는 알아서 찾아온다.

요즘은 돈이 보이지 않는 공기와 같다는 생각을 많이 한다. 눈에 보이지는 않지만, 무한히 존재하는 것. 돈에 대한 성찰을 시작하면서, 원래 있던 풍요들이 점점 더 눈에 보이기 시작했다. 인정과 감사가 풍요로 가는 지름길이라는 것을 알게 되면서, 감사할 축복을 계속 찾았다. 그랬더니 전에는 보이지 않던 풍요가 점점 더 눈에 보이기 시작했다. 바로 그 풍요의 감정으로 점점 더 풍요를 삶에 끌어오는 경험을 하고 있다.

"겁내지 말고, 과감하게 더 즐겨. 마음속에 꼭 쥐고 있는 두려운, 불안함, 걱정 모두 그냥 내려놓고. 가볍게 손을 펴! 자유롭게.
이미 됐어. 아무것도 할 건 없어. 그냥 기쁨을 주는 것만 즐기면
돼."

어제는 나 자신에게 하고 싶은 말을 담아 정성스레 편지를 적
어보았다. 삶에서 기쁨의 순간을 더 많이 만들어가는 것. 그것이
진정으로 나를 사랑하는 길이라는 생각이 들었다. 기쁨의 물을
주며 풍요의 나무를 점점 더 잘 가꿔야겠다. 이제 뿌리를 바꾸었
으니 물을 주며 정성스럽게 잘 가꿔 가면 된다. 나무를 키우듯 보
살피고 잘 키워나가면, 나의 꿈과 풍요도 모두 내 손안에서 떠나
지 않을 것이다.

돈, 나를 치유하는 것

돈의 사랑을 받기 위해 가장 먼저 해야 할 일은, **그동안 나의 현실을 만든 것이 '돈'이 아니라 '나'였음을 아는 것이다.** 그것을 아는 것이 가장 중요한 첫 번째 단계다. **'돈'이 문제가 아니라 '내'가 문제였다.**

> "네가 아니라, 내가 문제였어.
> 날 힘들게 한 건, 네가 아니라 나였어. 내 '눈'이 문제였어.
> 돈아, 네가 나한테 상처를 준 게 아니라, 내가 나한테 상처를 준 거야."

돈에 대한 상처를 치유하는 과정은 곧 나를 알아가는 과정이 었다. 돈이 나에게 상처를 주었다고 생각했는데, 실은 내가 돈에게 상처를 주었다는 사실을 알았다. 돈을 바라보는 시선에 비뚤어진 내가 있다는 것을 알았다. 그리고 그것은 결국 돈이 아니라 나 자신을 바라보는 눈이었다. 돈이 곧 나였던 것이다.

돈을 마주하는 것이 곧 나를 마주하는 것이다. 부자가 되고 싶어 시작한 여행. 나는 그 여행의 끝에서 진짜 나를 만났다. 돈 때문에 두렵고 불안했던 나. 돈 때문에 억울했던 나. 돈 때문에 상처받은 나. 돈 때문에 패배감과 무력감에 젖어있던 나. 그 모든 나를 따뜻하게 안아주는 과정에서, **나라고 알고 있던 그 모든 것이 진정한 내가 아니라는 것을 알게 되었다.**

따뜻한 물로 그릇에 눌어붙은 밥풀을 떼어내는 것처럼, **내 마음 그릇에 붙어있는 감정도 따뜻한 내 가슴으로 떼어낼 수 있다**는 것을 알게 되었다. 돈에 대한 나의 감정. 원한이라고밖에 부를 수 없는 돈에 대한 그 억울함, 패배감. 돈에 대한 불안과 걱정. 결핍과 두려움. 이제는 그 모든 감정에 진심으로 고마웠다고 말할 수 있게 되었다.

들여다볼수록 별것 아닌 나. 때로는 정말 별로인 나지만, 그런 내가 싫지 않고, 오히려 따뜻하게 안아주고 싶었다. **별로인 나도 나로 받아들임으로써 느끼는 진짜 사랑.** 그것이 이 여행이 주는 진짜 선물이다.

나를 들여다볼수록, 진실로 나를 사랑할 수 있게 된다. 나 자신을 모두 받아들이고 **따뜻하게 안아준 그 순간, 삶을 다시 쓰게 된다.** 과거에 갇힌 내가 아닌, 새롭게 태어난 나로, 내가 진정 원하는 삶을 다시 쓰게 된다.

내가 얼마나 축복받은 사람인지 알고, 진정한 신의 사랑을 느끼게 된다. 풍요를 창조할 수 있는 나의 능력을 진심으로 믿고, 풍요를 창조하는 그 모든 여정의 소중함을 알게 된다. 이미 풍요가 충분히 있음을 알고, 내가 필요한 때에 언제든 풍요가 찾아옴을 알게 된다.

나를 씻어주는 따뜻한 물처럼, 돈은 나에게 붙어있던 상처투성이 감정들을 모두 씻어주었다. 그래서 이제는 돈을 진심으로 사랑할 수 있다. 내가 나 자신을 조건 없이 있는 그대로 사랑하는 것처럼, 이제는 돈도 그렇게 사랑한다. 돈에게 따뜻한 사랑을 보낸다. 그 사랑이 바로 진짜 나이기 때문이다.

꿈, 그리고 돈

　꿈으로 부자가 되기 위해 중요한 것은, '돈'에 대한 감정이다. 열심히 하는 것보다 중요한 것은 돈에 대한 마인드다. 부자의 마인드가 있다면, 똑같이 일해도 훨씬 더 좋은 결과를 만들 수 있다. 부자의 마인드를 가지고, 부를 느낌으로써 더 많은 부를 불러오는 것이 중요하다. 돈에 대해 새롭게 태어나는 것이다.

　현실은 돈에 대한 내 감정을 그대로 비춰준다. 현실은 내 감정의 거울이다. 거울을 보고 원망해도 아무 소용이 없다. 나 자신을 먼저 바꿔야 한다.

　나의 존재감이 커질수록 돈에 대한 시야도 넓어진다. 돈이 세상에 한정되어 있다고 생각할 때는, 다른 사람들과 경쟁하며 힘들게 돈을 벌어야 한다고 생각했다. 하지만 세상에 돈이 무한하다는 것을 알게 되니, 얼마든지 즐겁고 쉽게 벌 수 있다고 생각이 바뀌었다. 그 시작은 나에 대한 관점의 변화였다. 알에서 깨어난 것처럼 기존의 고정관념을 모두 깨고 세상을 저 멀리에서 바라보니, 돈에 대한 관점도 자연스럽게 바뀐 것이다.

나는 돈에 대해 어떻게 프로그래밍 되어 있는가. 자신에게 한번 질문해보라. 당신이 갇혀 있는 보이지 않는 그 알을 깨고 나오라. 그럼 훨씬 더 큰 세상이 보일 것이다. 훨씬 더 큰 나 자신이 보일 것이다.

나의 과거가 축복으로 보이고, 나의 미래가 희망으로 가득 찰 것이다. 내 마음의 방에 두려움과 불안, 걱정이 사라질 것이다. 마음이 더욱 깨끗해지고 맑아질 것이다. 세상을 보는 시선이 투명해지면서 더욱 많은 기회와 가능성이 보일 것이다. 돈에게 사랑의 에너지를 보냄으로 더욱 삶이 풍요로워질 것이다.

그때의 나는 예전의 나와 완전히 다르다. **나의 무엇을 채우기 위해서가 아니라, 다른 사람의 무엇을 채워주기 위해서 그 일을 하게 될 것이다.** 똑같은 일을 해도 느낌이 달라질 것이다. 진짜 why를 찾으면, 꿈이 알아서 길을 열어줄 것이다.

돈은 나의 은인이다

며칠 전, 유튜브 채널 '신사임당' 영상을 보았다. 정신과 이근 후 박사님이 많은 사람들이 삶의 마지막에 후회하는 3가지에 대해 들려주었다. 그중 첫째가 바로 내가 좋아하는 일을 하며 사는 것이었다.

내가 진심으로 좋아하는 일. 가슴 뛰는 일을 하며 살기. 누가 바라지 않는 일이겠는가? 나 또한 어떻게 하면 좋아하는 일을 하며 풍요롭게 살 수 있을까, 어떻게 하면 삶의 마지막 날, 후회하지 않는 삶을 살 수 있을까 고민한 사람이다.

이 글을 읽는 당신도 같을 것이다. 그런 당신에게 꼭 해주고 싶은 이야기가 있다. 그 꿈을 꿈이 아닌, 현실로 만들기 위해 당신이 반드시 해야 하는 일이다. 그리고 반드시 가장 먼저 해야 하는 일이다. 꿈꾸는 일을 하기 위해 열심히 배우고, 자격증을 따고, 경험을 쌓기 전에, 반드시 이것을 가장 먼저 해야 한다. 모든 것을 멈추고, 당신 자신에게 솔직하게 물어보기를 바란다.

나에게 돈은 무엇인가?

돈은 어떤 존재인가?

나는 왜 돈을 벌고 싶은가?

내가 돈을 통해 얻고 싶은 것은 무엇인가?

돈은 나의 친한 친구인가 아니면 매번 내 발목을 잡는 시한폭탄인가? 내가 돈을 맛본다면, 그 맛은 어떤가? 달콤한 마카롱 같은 맛인가 아니면 쓸쓸한 맛인가?

당신이 열심히 일했다고 풍요가 오지는 않는다. 당신이 돈에 대해 가진 생각과 감정에 따라 돈은 움직인다. 그래서 반드시 지금 하는 일을 멈추고, 깊게 숨을 들이쉬고, 아주 솔직하게 돈에 대해 자신과 대화해 보기를 바란다.

그리고 돈에 대해 내가 가진 상처와 고통이 있다면, 눈에 볼 수 있도록 적고 깨끗하게 정리하길 바란다. 내 꿈을 위해 과감히 그 모든 것을 놓아버리길 바란다. 당신이 원한다면 얼마든지 할 수 있다. 돈을 진심으로 사랑할 수 있을 때까지, 돈에 대한 두려움이 모두 없어질 때까지, 이 과정을 반복하길 바란다. 될 때까지 하면 된다. 불가능은 없다. 돈과 하나 된 그 모든 감정의 찌꺼기들을 버려야 진짜 투명하게 돈을 볼 수 있다.

가장 중요한 것은 이 모든 과정을 즐기는 것이다. 한 번에 되지 않아도, '될 때까지 하면 되지, 뭐!' 생각하면서 여유를 가지고 바라보는 것이 가장 중요하다. 조금씩 돈에 대해 자유로워지는 나를 발견하는 기쁨은 그 무엇과도 바꿀 수 없다.

돈은 아무 문제가 없다. 내 안에 있는 돈에 관한 생각과 감정이 문제다. 하지만 생각해보면 그 또한 문제가 아니다. 그 상처와 고통 덕분에 내가 이렇게 성장했으니, 그 달콤한 성장의 기쁨을 맛보았으니 전혀 문제가 아니다. 감사할 일이다. **스스로 치유하고, 성장하고, 나 자신을 새롭게 창조하는 기쁨을 맛보았으니, 돈은 나의 은인이다.** 그것도 아주 감사할 은인이다.

쉽게 부자 되기

부자가 되는 가장 쉬운 방법은 무엇일까? 바로 삶을 바라보는 렌즈를 '결핍'에서 '풍요'로 바꾸는 것이다. 안경을 쓰는 것과 같다. 빨간색 안경을 쓰면 온통 세상이 빨갛게 보이지만, 파란색 안경을 쓰면 세상이 파란색으로 바뀐다. **안경을 바꾸면 내가 사는 세상이 바뀐다.** 그렇다면 이 안경을 결핍에서 풍요로 바꾸는 방법은 무엇일까?

내가 돈을 통해 받은 축복을 노트에 적는 것이다. 이것을 적으면서 그 축복을 생생하게 가슴으로 느낀다. 나의 경우, MBA 공부에 필요했던 학비와 미국, 싱가포르에서 공부했던 비용, 리더십 포럼을 했던 비용이 가장 먼저 생각났다. 하나씩 노트에 적으면서 이 시간들이 내게 준 기쁨과 행복을 충만하게 느꼈다.

이렇게 기쁨과 감사를 느끼고 나니, 더 많은 풍요를 끌어당길 수 있겠다는 확신이 들었다. **꿈을 바로 여기서, 기쁨과 축복 위에서 시작하는 것이 중요하다.** 풍요를 바탕으로 꿈을 시작하는 것이다.

결핍을 바탕으로 한 꿈은 결과에 집착한다. 그래서 불안하다.

간절히 원하면 이루어지지 않는 이유가 바로 여기에 있다. 꿈은 마음이 평안한 사람을 좋아한다. 꿈은 마음이 안정된 사람을 쫓아다닌다. 여유와 평온을 즐기는 사람에게 꿈은 알아서 끌려온다. 꿈을 이루려고 노력하지 말고, 꿈에 맞는 사람, 꿈에 어울리는 사람이 되는 것이다.

내가 얼마나 축복받은 사람인지 깨닫자. 세상이 주는 따뜻함을 느껴보자. 신에 대한 감사를 느끼자. 신이 주는 축복과 풍요를 인정해주자. 내가 찾은 꿈을 이루는 비밀은 감사하기, 꿈을 선택하기, 항상 좋은 기분 유지하기이다. 이것이 바로 힘들이지 않고, 쉽게 꿈을 이루는 방법이다.

이미 이루어진 미래의 눈으로 지금을 바라보자. 그리고 지금 느끼는 이 풍요의 눈으로 과거를 바라보자. 부족하다고 느꼈던, 상처투성이라고 느꼈던, 실패라고 느꼈던 과거를 지금 이 축복의 눈으로 다시 바라보자. 이것은 과거를 다시 쓰는 것이다. 과거를 다시 쓰는 순간, 미래는 저절로 다시 써진다.

꿈은 힘들게 참으며 이루는 것이 아니다. 쉽고 즐겁게 이루는 것이다. 꿈에 가장 잘 어울리는 기분, 그 느낌을 찾아 나에게 입혀주는 것이다. 어렸을 적 인형 놀이처럼, 꿈에 제일 잘 어울리는 내 옷을 찾아 나에게 입혀주는 것이다. 그렇게 나의 세상을 만들어가는 것이다.

우리는 모두 위대한 창조자다. 삶에 가슴을 활짝 여는 순간, 풍요의 눈을 활짝 뜨는 순간, 그 비밀을 알게 된다.

부의 권리

어느 정도의 돈을 가지면, 나는 나를 부자로 느낄까?

나에게 부자의 의미는 무엇일까?

진짜 내가 느끼는 풍요는 무엇일까?

어젯밤, 이 질문을 나에게 했다.

돈에 대한 꿈을 정할 때, 돈 액수에 대해 헷갈릴 때가 많았다. 어느 날은 이 정도면 될 것 같은데, 또 어떤 날은 모자란 것 같고, 돈이 더 있어야 할 것 같고… 다른 사람이 나에게 이 정도는 있어야 한다고 얘기해준 금액, 혹은 다른 사람이 가진 금액. 그 정도는 반드시 있어야 부자라고 생각하기도 했다. 그런데 그 기준에 힘이 없었다. 상황에 따라 생각이 계속 바뀌었다.

어젯밤, 내가 나에게 답한 부자의 의미에는 신기하게도 **돈의 액수가 나오지 않았다.** 대신 나는 **시간, 여유, 마음의 상태**를 이야기 했다.

마음껏 명상할 수 있는 시간. 느낀 것, 떠오른 것을 바로 글로 써서 나눌 수 있는 시간과 마음의 여유. 매일 영감이 나에게 올 수 있는 기분 좋은 상태. 나는 이렇게 3가지를 노트에 적었다.

이 3가지가 가능한 삶이라면, 나는 나를 부자로 볼 수 있다. 나에게 오는 소중한 축복을 나누는 시간의 여유. 나로 살 수 있는 기쁨. 이걸 가능하게 해주는 풍요.

다른 사람과 나를 비교하고, 결핍과 불안을 느끼며, 없음에 부질없이 집중하는 오래된 마음의 습관만 벗어버릴 수 있다면, 우리는 누구나 부자가 될 수 있다. 내 삶을, 그리고 나를 보는 렌즈를 결핍에서 풍요와 축복으로 바꿀 수 있다면, 우리는 부의 권리를 충만하게 누리며 살 수 있다.

돈은 사랑이다. 돈은 기쁨이고 축복이다. **행복과 기쁨은 우리가 마땅히 지구에서 누려야 할 감정이다. 돈의 신은 그런 감정을 좋아한다.**

부는 인간의 타고난 권리다. 자연처럼 '풍요'는 인간이 마땅히 누려야 할 축복이다. 내가 누리고 있는 풍요와 축복에 눈을 뜨자. 기뻐하자. 기쁨의 향기를 돈의 신에게 보내자. 돈이 쉬워질 것이다. 삶이 다 해준다는 진실을 느끼게 될 것이다. 그 진실에 눈뜨면 돈은 이제 사랑이 된다. 더 이상 두려움이 아니다.

3장
감정
버리기

치유하면 쉬워진다

"누구나 쉽게 꿈을 이룰 수 있는 세상을 만들고 싶어요. 도전만 하면 누구나 꿈을 현실로 만들 수 있는 세상이요.

한 번의 창업과 실패를 통해, 저는 아주 큰 배움을 얻었어요. 자기 자신이 치유되지 않은 상태에서는 절대 꿈을 이룰 수 없다는 사실을요. 나 자신을 치유하고, 나 자신을 진심으로 사랑하는 것이 가장 중요하다는 사실을 알게 됐어요. 그 바탕 위에서 꿈을 위해 나아가면 아주 쉽게 꿈을 이룰 수 있어요. 하지만 그것 없이 그저 열심히 하기만 하는 것은 소용이 없다는 것을 알게 됐지요."

한 연말 모임에서 나를 소개한 내용이다.

나는 셀프케어에 돈을 아끼지 않는다. 그 흔한 명품 가방도 명품 화장품도 옷도 없는 나다. 하지만 나의 몸과 마음을 케어하기 위해 돈을 아끼지 않는다.

나에게는 나를 최적의 상태로 만들어 영감을 얻는 것이 중요하다. 나는 그 영감을 내 인생에서 가장 가치 있는 것으로 여긴다.

그래서 운동과 마사지, 스파는 서비스가 좋은 최고 호텔에서 받는다.

나를 최고의 명품으로 만드는 데는, 나를 최고로 만들어 줄 새로운 영감이 필요하다. 그리고 그 새로운 영감은 내 몸과 마음이 잘 케어 됐을 때 온다.

치유되면, 모든 것이 쉬워진다. 나의 오랜 상처와 고통을 들여다보고, 따뜻하게 씻어내고, 내가 깨끗해진 상태에서는 꿈을 이루기가 아주 쉬워진다. **치유가 되면, 삶의 흐름대로 따라가면 된다. 아무것도 하지 않아도 된다.** 치유가 되지 않은 상태에서는, 이것저것 열심히 해도 쉽게 결과가 나타나지 않는다. 실망하고, 지치고, 조급해질 뿐이다. 그래서 먼저 나를 들여다보는 것이 중요하다. 꿈을 이루기 위한 다른 행동을 하기 전에, 먼저 차분히 나를 돌아보는 것이다.

내 마음 안에 무엇이 있는지, 어떤 생각과 감정이 있는지, 그중에서 나를 지속적으로 괴롭히는 감정은 무엇인지, 어떤 때 그런 감정이 나타나는지, 그 감정이 처음 시작된 것은 언제인지, 어린 시절부터 지금까지 쭉 나를 돌아보는 것이다. 나의 인생이라는 영화를 처음부터 지금까지 돌려보는 것과 같다.

그렇게 나를 들여다보고, 나의 감정을 이해하면, 나를 더 사랑하게 된다. 굳건한 자기 사랑 위에서 꿈은 쉬워진다. 내가 애쓰지 않아도 꿈이 나를 이끈다. 나는 즐겁게 흐름을 따라만 가면 된다.

꿈은 쉽다. 자기 치유와 자기 사랑만 있다면.

✦ 독립하기

당신은 돈에 대해 어떤 말을 듣고 자랐나? 누구에게, 어떤 말을 듣고 돈에 대한 나의 이미지가 만들어졌나? 내가 이런 질문을 하는 이유는, **돈에 대한 뿌리 깊은 믿음이 나의 의지가 아니라 다른 누군가에 의해 만들어진 경우가 많기 때문이다.**

돈 역시 '자기 이해'가 중요하다. 내가 가진 돈에 대한 믿음이 무엇이고, 그것이 어떻게 만들어졌는지, 누구의 말을 듣고 누구의 영향을 받아 만들어진 것인지 알아야 자신을 정확하게 볼 수 있다. 그리고 그 후에 그 믿음이 지금까지 나의 삶에 어떤 영향을 주었는지 알아야 한다. 그 영향이 나에게 유익하지 않다면, 다른 믿음을 선택할 수 있다.

돈에 대한 당신의 믿음에 가장 큰 영향을 준 사람은 아마도 부모님일 것이다. 나 또한 그렇다. 돈 버는 건 힘들다. 돈이 없으면 안 된다. 돈이 가장 중요하다…. 이 모든 믿음은 부모님에게서 나왔다.

그동안 돈에 대한 나의 경험을 돌아보니, 이 믿음이 도움이 되지 않았다. 특히 내가 마음공부를 하며 읽었던 책에서는 돈이 목표가 아닌 수단이며, **돈이 주는 기쁨과 감사, 축복에 집중하라**고 말하고 있었다. 무조건 아끼는 것이 아니라 **기분 좋게 쓰고, 돈이 주는 기쁨에 감사하며 풍요를 느끼는 것**이 중요하다고 말했다. 이 좋은 흐름의 순환이 바로 돈이 주는 풍요다.

부모님에 대한 사랑과는 별개로, 돈에 대한 내 인식은 내 의지대로 설정할 수 있다. 나는 내가 선택한 돈에 대한 믿음대로 나의 삶을 창조할 수 있다. 진정한 독립은 따로 집을 구해 사는 물리적인 독립이 아니라, **부모님으로부터 물려받은 돈에 대한 나의 뿌리를 직면하고 나의 의지로 바꾸는 것**이다.

많은 사람들을 코칭하면서, '삶은 힘들다. 참아야 한다. 삶은 누군가를 위해 희생하는 것이다. 돈 버는 건 힘들다'와 같은 믿음, 즉 인식이 부모님으로부터 전해진 것을 보았다. 삶은 즐거운 놀이이며, 돈은 그 놀이의 소중한 친구이다. 나는 나만의 재능으로 사람들에게 기여하며 기쁨과 사랑을 체험하는 존재이다. 누구나 그렇게 삶의 축복을 누릴 자격과 가치가 있다.

요즘은 휴지를 보면 돈 생각이 난다. 아무리 휴지를 써도 집에 많이 있는 것처럼, **돈 역시 내가 필요한 그 이상으로 삶에서 항상 넉넉히 채워질 것**을 알기 때문이다. 이제 돈은 나의 꿈을 방해하는 존재가 아니다. 나에게 사랑할 수 있는 힘을 주는 소중한 친구다. 돈은 사랑 그 자체다.

부모님도 함께 산다

정말 결혼하고 싶어 하는 어떤 여자가 있다고 치자. 그 여자는 계속 소개팅을 한다. 남자를 만나고 싶어서 외모도 꾸미고, 책도 읽고, 열심히 자기 계발을 한다. 겉으로 보기에 그녀는 결혼하려고 정말 열심히 노력하는 것 같다. 그런데 뜻대로 잘되지 않는다. 왜 그럴까?

그 이유는 남자에 대해 좋지 않은 감정이 남자를 그녀의 삶에서 계속 밀어내기 때문이다. 원한은 그 대상을 나에게서 밀어낸다. 상처와 원망이 있으면, 그것은 나에게 오지 않는다. 겉으로 하는 노력 전에 보이지 않는 감정을 먼저 치유해야 한다. 그것이 결과를 내기가 훨씬 쉽다. 마음을 들여다보는 것이 그 어떤 노력보다 중요하다.

재미있는 것은, 감정이 이어진다는 것이다. 내 안에 나 뿐 아니라, 부모님도 함께 산다. 엄마, 아빠의 삶이 나에게 이어진다. 엄마, 아빠의 믿음이 나의 믿음을 함께 만든다.

좀 더 자세히 알아보자. 지금부터 노트를 펴고 펜으로 적어본다. '엄마는 돈에 대해 어떤 생각을 하고 있을까?' 다 적었으면 다음도 적어본다. '아빠는 돈에 대해 어떤 생각을 하고 있을까?' 그리고 마지막으로, '내가 돈에 대해 갖고 있는 생각'을 적어본다. 이제 정말 마지막이다. **내가 갖고 있는 생각에서, 엄마와 아빠가 가진 생각을 모두 지워본다.** 남는 것은 무엇인가?

돈에 대한 나의 믿음에는 엄마, 아빠의 믿음이 묻어있다. 그 믿음이 내가 아님을 아는 것, 나의 믿음을 다시 창조하는 것이 나를 새롭게 창조하는 중요한 첫걸음이다.

내 삶은, 내 믿음대로 펼쳐진다. 보이지 않는 믿음이 나의 삶을 끌고 간다. 삶을 바꾸고 싶으면 믿음을 먼저 바꿔야 한다. 믿음을 바꾸고 싶으면 부모님이 가진 믿음을 먼저 살펴본다. 그리고 그 중, 내가 이어받고 싶지 않은 믿음을 지운다. 그 자리에, 내가 만들고 싶은 믿음을 새로 적는다. 그 믿음이 새롭게 내 삶을 끌고 갈 것이다.

부모님을 원망하라는 말이 아니다. 부모님은 부모님대로 나에게 최선을 다했다. 그리고 부모님 인생에도 최선을 다했다. 물이 위에서 아래로 흐르듯, 부모님이 나에게 영향을 주는 것은 당연한 이치다. 내가 살고 싶은 삶을 살기 위해, 효과적이지 않은 것이 있다면, 그냥 지우면 된다. 그리고 다시 시작하면 된다.

'내가 원하는 나'를 '창조'하는 일은 평생 지속되는 것이다. 나는 당신이 그 과정을 즐겼으면 좋겠다. 무겁게 인상 쓰기보다는 환하게 웃었으면 좋겠다. 세상은 그리 심각하지 않다. 해도 되고 안 해도 되지만, 재밌어서 하는 것이다. 나를 새롭게 창조하는 일은 정말 재미있다. 조금씩 조금씩 내가 꿈꾸던 대로 변화하는 나를 보는 것은 정말 즐거운 일이다. 행복하다. 말 그대로 꿀이다. 나는 당신이 꿀 같은 이 행복을 놓치지 않았으면 좋겠다.

결핍을 보는 것

나는 부모님이 돈에 대해 싸우는 것을 자주 보고 자랐다. 돈은 내게 나쁜 것이었다. 돈은 부모님 사이를 멀어지게 하고, 나를 힘들게 하고, 나에게 상처를 주는 나쁜 것이었다. 그 뿌리를 가진 내가, 아무리 애를 써도 돈과 멀어지는 것이 당연했다. 뿌리를 들여다보지 못했던 나는, 아무리 노력해도 결과를 맺지 못하는 나를 원망하고 자책했다. 하지만 핵심은 다른 곳에 있었다. 열매가 아니라 뿌리를 깊게 들여다보는 것이 핵심이었다.

나의 뿌리를 들여다보는 것. **나의 결핍을 보고, 그 결핍을 받아들이는 것.** 그리고 따뜻하게 안아주는 것. 이것이 핵심이었다.

20대의 나는 그럴듯한 나무였다. 적당히 푸른 꽤 괜찮은 나무였다. 하지만 튼튼한 나무는 아니었다. 삶의 비바람이 그리 크지 않았기에 겉으로 드러나지 않았을 뿐이다. 20대 중반이 지나 폭풍과 비바람을 겪으면서 비로소 나의 뿌리가 깊지 않다는 사실을 알게 되었다.

나는 밖에서 몰아치는 폭풍과 비바람을 견딜 만한 뿌리를 갖지 못했다. 자주 흔들리고 자주 넘어졌다. 진짜 나무와 다른 점이 있다면, 나무는 무너지는 것이 눈에 보이지만, 20대의 나는 자존심이 세서, 무너지는 모습을 그 누구에게도 보여주지 않았다는 것이다.

하지만 남에게 보여주지 않는다고 해서, 그 모습이 내가 아닌 것은 아니다. 지금 돌아보면 그때의 나는 참 약했다. 눈물 흘리는 것, 나의 약한 모습을 드러내는 것이 나의 진짜 약함을 보여준다고 생각할 만큼.

20대 후반과 30대를 거치면서, 나는 자주, 그리고 꽤 오랜 시간 나 혼자만의 시간을 가졌다. 대한민국에 사는 또래의 다른 친구들과 비교해, 나는 나를 들여다볼 수 있는 시간을 정말 많이 가졌다. 그리고 그 시간의 많은 부분을, 나의 결핍을 들여다보는 데 썼다. 그렇게 숨기고 싶었던 나의 결핍을 뿌리부터 도려내 모두 드러낸 채 바라보았다.

사랑에 대한 결핍. 돈에 대한 결핍. 사랑받고 싶고, 인정받고 싶은 마음. 특별해야 한다는 생각. 잘해야 한다는 완벽주의. 지금의 나를 만든 일들을 파노라마 영화처럼 바라보았다. 결핍을 만든 과거와 그 과거로 인해 내가 삶에 내린 해석을 바라보았다. **바라보면 바라볼수록, 결핍은 나를 더욱 강하게 만들었다.** 나의 삶은 모두 나 스스로 만든 것이라는 것을 알게 된 순간, 삶은 완전히 바뀌어 있었다.

가슴 뛰는 삶을 창조하기 위해서는 뿌리를 들여다봐야 했다.

진짜 나를 마주하는 용기를 내야 했다. 내가 기대했던 그럴듯한 내가 아니라, 상처투성이, 결핍투성이의 나를 보아도 괜찮다고 말해 줄 수 있는 용기 앞에서, 나의 모든 껍질은 떨어져 나갔다. 그리고 나의 진짜 가슴 뛰는 삶은 그때부터 시작되었다.

집착을 떼어내다

'내가 엄마를 고생시킨 것은 아닐까? 내가 엄마를 힘들게 한 것은 아닐까? 어떻게 해야 이 지원에 보답할 수 있을까? 어떻게 해야 성공할 수 있을까? 어떻게 해야 돈을 많이 벌 수 있을까? 어떻게 해야 보란 듯이 부모님에게 떳떳한 딸이 될 수 있을까?'

27살에 아무 경력 없이 MBA에 갔다고 하면, 사람들은 우리 집이 굉장히 부자라고 생각한다. 회사에서 번 돈이 아니라, 집에서 지원해준 돈으로 MBA에 갔기 때문이다. 사실 우리 집은 아빠와 함께 엄마가 열심히 일해 딸 둘을 키운 집이다. 그런 내가 취업이 되지 않아 MBA에 간다고 했을 때, 엄마는 반대 없이 허락해 주셨고, 경제적인 지원까지 해 주셨다. 정말 감사한 일이다.

하지만 나는 고마움을 느끼는 대신, 마음속에 죄책감을 키워나갔다. 죄책감과 과도한 책임감이라는 무거운 짐을 진 것이다. 그리고 그 무거운 짐의 상당 부분이 창업의 이유가 되었다. 창업의 이유가 세상을 위해 가치를 만들어내는 것이 아니라 내 개인적 욕망이라면, 이미 그 창업은 실패한 것이다. 하지만 어리석게도 그때의 나는 그것을 알지 못했다.

돈에 대한 감정에서, 부모님에 대한 죄책감과 그 죄책감이 만든 과도한 책임감을 떼어냈다면, 나는 훨씬 더 빠르고 쉽게 창업에 성공했을지도 모른다. 당시 나는 돈에 너무 많은 감정이 얽혀 있었고, 그 감정이 돈과 나를 점점 멀어지게 하고 있다는 것을 알지 못했다.

돈에 대한 감정이, 돈을 벌기 위한 노력보다 중요하다는 것도 알지 못했다. 그리고 돈에 집착할수록 성공하지 못한다는 사실도 알지 못했다. 내가 제공하는 가치에 집중하면, 돈은 저절로 따라온다는 간단한 이치를 그때는 알지 못했다.

독서와 명상, 코칭과 성찰을 통해 돈에 대한 감정을 조금씩 떼어내면서, 돈은 나에게 새롭게 다가왔다. **감정을 버리니 돈은 점점 더 가벼워졌다. 가벼워진 만큼, 예전보다 훨씬 더 쉽게 나에게 왔다.** 예전보다 훨씬 적은 노력으로 더 큰 풍요를 느끼게 되었다.

부모님에 대한 죄책감을 모두 놓아버리니, 왜 이 일을 해야 하는지, 그 진짜 이유가 떠올랐다. 그리고 그 진짜 Why가 나를 자유롭게 했다. 영감을 알아채고 행동으로 옮기는 것이 빨라졌다. 감정에 억눌렸던 새빨간 진짜 열정이 나의 온몸을 감싸는 기분 좋은 느낌이 되었다.

죄책감이 아닌, 감사와 축복으로 관점을 바꾸면서 삶에서 더욱 풍요를 끌어당길 수 있게 되었다. 이미 나는 충분한 풍요를 누리고 있었다. 더욱 깊게 감사하고, 그 감사를 디딤돌 삼아 더 큰 풍요를 창조해가고 있다.

지금 이 글을 읽고 있는 당신이 돈에 대해 갖는 감정은 무엇인가? 어떤 감정이 돈에 얽혀 있는가? 어떤 감정을 내려놓으면, 돈에 대해 더 자유로워질 수 있을까? 우리는 누구나 돈을 사랑하고 존중함으로써 돈에 대한 자유를 누릴 수 있다.

우리는 누구나 풍요의 권리가 있다. 누구나 충분함을 누리고, 축복을 만끽할 수 있다. 대신 나를 충분히, 솔직하게 들여다보아야 한다. 솔직하게 나를 직면함으로써 나의 타고난 그 권리를 인식할 수 있다. 그리고 그 인식이 돈에 대한 나의 현실을 바꾼다.

나를 관통하는 감정

엄마는 내가 어릴 때부터 일을 하셨다. 그래서 어릴 적 나는 엄마와 함께 한 시간이 아주 적다. 지금도 어린 시절을 떠올리면, 엄마와 함께한 추억이 많이 생각나지 않는다. 엄마와 대화를 나누거나 교류를 한 시간이 많이 없었다.

자연스럽게 나의 주 양육자도 바뀌었는데, 이모, 고모할머니 등 엄마가 바쁠 때 엄마가 아닌 다른 양육자 밑에서 지낸 시간이 많았다. 다행히 그분들께 많은 사랑을 받았지만, 그래도 엄마가 주는 평온함, 따뜻함과는 비교할 수 없었다.

그래서 내 어린 시절을 관통하는 감정은 '외로움'이다. 다섯 살 터울인 동생이 태어나고 나서야 엄마와 계속 함께 지낼 수 있었는데, 이미 그때는 맏이 노릇을 해야 했기에, 정서적으로 힘들거나 도움이 필요한 것을 잘 이야기하지 못했다.

사랑받지 못했다는 사랑에 대한 결핍. 힘들 때 내 곁에 아무도 없다는 외로움. 이것이 내 어린 시절을 지배하는 두 가지 감정이다. 그와 함께 내가 선택한 것, 내가 원하는 것을 가질 수 없다는 무력감도 있었다. 이 모든 감정들은 꿈을 현실로 만드는 데 큰 장애물이 되었다.

내가 아무리 꿈을 이루기 위해 노력해도, 내면의 뿌리에 '내가 원하는 것을 가질 수 없다'는 믿음이 있으면, 노력한 만큼 반대의 힘이 작용하는 것과 같다. 아무리 노력해도 결국 제 자리다. 열심히 노력해도 되지 않으니, 점점 더 힘들고 억울함만 생긴다. '나는 정말 안되는구나' 생각하며, 원하는 것을 가질 수 없다는 믿음이 더 강화된다. 그리고 그 믿음처럼 정말 내가 원하는 것을 가질 수 없는 삶이 펼쳐진다.

그래서 꿈의 여정을 시작하기 전에, 세상에 대한 나의 믿음을 먼저 점검해야 한다. 그리고 그 믿음을 만든 나의 감정들을 마주해야 한다. 그 감정을 만든 내면의 아이를 따뜻하게 안아주어야 한다.

나 역시 나의 어린 시절을 마주하고 따뜻하게 안아주었다. 그리고 많이 울었다. 그렇게 나 자신을 충분히 치유하고 나서야, 얼마든지 내가 원하는 것을 가질 수 있다는 믿음이 자연스럽게 솟아났다. 감정의 구름이 걷히면, 누구도 흔들 수 없는 나에 대한 깊은 믿음이 있다.

'마음을 청소하는 것'. 내 안에 있는 감정. 저 깊은 무의식에 있어 인지하지 못하는 내 안의 내면 아이. 어릴 때부터 쌓아둔 부정적인 감정의 찌꺼기들. 꿈을 위해서는 태어나서 지금까지 내 안에 축적된 그 모든 부정적인 감정들을 **바라보고, 안아주고, 놓아버리는**

것을 먼저 해야 한다. 열정과 풍요, 기쁨으로 가득한 삶을 만들기 위해 지금 당신이 해야 할 것은 바로 놓아버림이다.

내가 정말 원하는 것

'와, 진짜 신나게 놀았는데 통장에 돈이 들어오네? 놀면서 돈 번다는 게 이런 거구나!'

구글 미팅 룸은 독특하다. 회의실마다 독특한 콘셉트가 있다. 처음 일을 시작할 때, 매일 다른 미팅 룸에 들어가 보는 것만으로도 신기하고 기분이 좋았을 정도다. 그중 내가 제일 좋아하는 미팅 룸은 유튜브 룸이었다. 유튜브 로고를 콘셉트로 둥근 의자와 책상이 조금 낮게 배치되어 있는 이 미팅 룸을 나는 가장 좋아했다. 홍콩이니 싱가포르 등 다른 나라 직원들과 미팅을 신행할 때는, 꼭 이곳을 예약해서 진행했을 정도다.

이곳이 나에게 좀 더 중요한 의미를 갖는 이유는, 내가 힘들 때 바로 여기서 퇴근 후 혼자 조용히 나를 돌아보았기 때문이다. 일하다 지칠 때, 나의 뿌리를 좀 더 단단하게 만들고 싶을 때, 나는 평소 가까이 지내는 멘토에게 조언을 구했다. 그리고 그때 한 가지 미션을 받았는데, 그 미션 덕분에 나는 정말 한순간에 변화했다.

그 미션은 다름 아닌, 어린 시절 엄마에게 듣고 싶었던 말을 써보는 것이었다. 어린 시절, 엄마에게 상처받았던 순간을 다시 기억해서, 그 당시 엄마에게 듣고 싶었던 말을 적어보는 것이었다. 직감적으로 이 미션이, 나의 뿌리를 단단하게 하는 데 아주 중요하겠다는 생각이 들었다. 그리고 바로 적어보았다.

"엄마도 선경이가 너무 보고 싶었어. 일찍 데리러 못 가서 너무 미안해."
"엄마가 너무 바빠서 우리 선경이 얘기도 못 들어주고, 안아주지도 못해서 너무 미안해."
"엄마는 우리 선경이밖에 없어. 엄마는 니가 있어서 너무 힘이 돼."

이 말을 쓰는 순간, 눈물이 왈칵 쏟아졌다. 내가 정말 원하는 게 무엇이었는지, 그토록 노력했지만 채워지지 않았던 내 안의 빠진 부분이 무엇이었는지 눈에 보였다. 지금이라도 알게 되어서 너무 감사했다. 이 문장들을 메모장에 써서 캡처했다. 휴대폰 바탕 화면에 두고, 시간 날 때마다 들여다보면서 나에게 말해주었다.

몸은 컸지만, 아직 자라지 않았던 나의 내면 아이에게 최대한 다정하게, 여러 번 말해주었다. 그리고 그 효과는 일에 즉각적으로 나타났다. 정신없이 돌아가 전혀 정리되지 않았던 일들이, 마음이 차분해지고 고요해지면서 스스로 정리가 되어갔다. 일의 주도권을 찾게 되었고, 일이 점점 재미있어졌다.

"선경 님, 요즘 무슨 일 있어요? 표정도 좋고, 일도 전보다 훨씬 잘하시는 것 같아요. 선경 님 뽑기를 정말 잘했다는 생각이 드네요."

함께 일하는 분에게 긍정적인 피드백을 들으니, 자신감이 더욱 커졌다. 나 자신이 뿌듯하고 사랑스러워졌다. 이 순간들을 사진 찍듯이 오래 간직하고 싶어, '자기사랑 노트'라는 문서를 만들어 멘토링 받은 내용들을 기록했다. 마치 나만의 성장 일기처럼, 이것은 나만의 소중한 아이템이 되었다.

가끔 나는 그 문서를 들여다본다. 지금은 잊어버린 그때의 나를 돌아보기 위해. 그때의 나를 다시 바라보면서 지금의 나를 격려하기 위해. 영원히 함께 할 그 문서는 내 삶의 소중한 기록이자 달콤한 나의 청춘 앨범이다.

⭐ 어린 시절 다시 쓰기

"우리 집은 엄청난 부자입니다. 내가 인형을 고르면 뭐든 내 것이 됩니다. 그래서 우리 집에는 인형이 많습니다. 나는 언제나 내가 좋아하는 인형을 골라 놀 수 있습니다.

엄마는 아주 따뜻합니다. 말투도 다정하고, 항상 저에게 질문도 해주십니다. 내가 무엇을 느끼는지, 행복한지, 슬픈지 엄마는 다 알고 있습니다. 그래서 나는 내가 혼자가 아님을 알고 있습니다.

나는 풍요롭고, 공감받고, 따뜻함을 느낍니다. 나는 원하는 건 무엇이든 가질 수 있습니다. 나는 사랑받고, 귀함을 받고 있습니다."

며칠 전, '내가 살고 싶었던 어린 시절'을 노트에 적어보았다. 모임을 통해 알게 된 지인이 들려준 이야기 때문이다. 그 지인은 상담을 받으며 '내가 살고 싶은 어린 시절'을 다시 쓰는 경험을 했다고 했다. 실제 우리의 잠재의식은 현실과 상상을 구분하지 못하기 때문에, 내가 원하는 어린 시절을 상상하는 것이 자기 치유에도 큰 도움이 된다고 말했다.

듣는 순간 가슴이 마구 뛰었다. 나의 치유에도 큰 도움이 될 것 같았기 때문이다. 다음 날 아침 일어나자마자 바로 적어보았다. 적고 보니, 내가 살고 싶었던 어린 시절의 키워드는 바로 **자유와 풍요, 그리고 공감**이었다.

어린 시절을 들여다보는 것이 중요한 이유는, 무의식에 형성된 **자신에 대한 믿음이 꿈을 이루는 바탕**이 되기 때문이다. 나에 대한 인식, 삶에 대한 인식은 꿈을 이루는 핵심이다. 이것이 나에게 효과적이지 않다면 들여다보고, 바꾸는 시간이 필요하다. 내가 어린 시절을 들여다보고 치유하면서 꿈이 이루어지는 속도가 빨라진 것이 바로 이 때문이다.

치유와 창조를 위해 어린 시절을 들여다보는 일. 나의 핵심 감정을 찾아내어 따뜻하게 안아주는 일. 그리고 내가 느끼고 싶은 감정을 적어보는 일. 그 과정의 마지막이 나에게는 바로 '어린 시절 다시 쓰기'였다.

'어차피 언젠가는 죽는데, 이렇게 살아남기 위해 애쓰며 사는 것이 정말 맞는 것일까.' 20대 어느 날, 생각한 적이 있다. 그리고 오늘 아침 내 삶의 큰 목표를 다시 상기하게 되었다.

나는 사람들의 삶, 특히 앞으로 태어날 아이들의 삶의 목적이, **'사랑'이 되기를 진심으로 바란다.** 보물을 찾는 즐거운 놀이가 삶이라는 것을 알게 되기를 바란다. **자신의 재능을 스스로 찾고, 그 재능**

으로 사람들에게 기여하고, 그 과정을 통해 풍요로운 삶을 즐기는 것이 삶이라는 것을 알려주고 싶다.

꿈을 꼭 가질 필요는 없지만, 꿈이 있으면 삶이 즐겁고 매일매일 신이 난다는 것을 알려주고 싶다. 힘들게 애쓰며 희생하는 삶이 아니라 즐겁게 따뜻하게 사랑하며 사는 삶을 보여주고 싶다. 그리고 가장 중요한 것은, 이러한 삶을 직접 보여주고 싶다. 내가 가장 즐기는 일, 내가 가장 기쁜 일, 내가 가장 잘하는 일로 사람들을 돕고, 따뜻한 사랑을 느끼며, 무한한 풍요를 창조하는 삶을 보여주고 싶다.

이 모든 것을 위해 내가 꼭 거쳐야 할 관문이, 바로 보이지 않는 믿음을 점검하고, 그 믿음을 만든 나의 어린 시절을 바라보고, 놓아주고, 새롭게 창조하는 일이었다. 한 마디로 '다시 태어나는 것'이다. 보이지 않는 나의 뿌리를 단단하게 하는 이 과정을 통해 나는 다시 태어났다.

다시 태어난 삶은 이전과 다르다. 꿈에 대한 믿음도, 삶의 공기도 확실히 다르다. 강한 확신은 여유를 만들고, 나를 부드럽게 한다. 그리고 그것이 진짜 나의 모습이다. 원래 모습으로 다시 돌아온 느낌. 먼 길을 돌아 다시 찾은 진짜 나. 그것이 바로 긴 마음 여행의 가장 큰 수확이며, 가장 큰 선물이다.

나는 인정받을 필요가 없다

돈에 얽힌 감정 중, 나에게 가장 큰 줄기가 되는 것은 바로 '인정받고 싶은 마음'이다. 특별한 아이로, 대단한 아이로 인정받고 싶은 마음이 돈을 통해 내가 얻고 싶은 마음 중 하나다. 내가 아이로 표현한 이유는, 이 감정이 어렸을 때부터 계속 이어진 욕구였기 때문이다. 부모님, 특히 엄마에게 인정받고 싶은 마음이 어른이 되어서까지 계속 이어졌다.

이와 관련해서 '엄마에 대한 죄책감'은 내가 돈에 대해 가진 감정 중 가장 큰 뿌리를 차지한다. 대학원은 물론 리더십 포럼에도 참석할 수 있도록 지원을 받았지만, 창업에 실패하고 빚을 지면서 엄마의 지원과 기대에 미치지 못했다는 생각에 정말 힘들었다. 지금 돌아보면 이 죄책감이라는 감정이, 나에 대한 자아 존중감, 즉 자존감에도 매우 큰 영향을 미쳤던 것 같다.

'엄마의 기대에 미치지 못한 나는 정말 나쁜 사람이야. 난 실패한 사람이야. 난 실패자야.' 이런 생각들이 끊임없이 나를 괴롭혔기 때문이다. 특히 대학원과 리더십 포럼은, 엄마에게 편지를 써

가면서까지 강하게 설득한 부분이었기에, 창업을 시작하면서 '무조건 성공해야 한다, 엄마의 지원에 반드시 보답해야 한다'는 생각이 아주 강했다. 스스로 성공에 대한 중요성을 크게 높인 것이다.

이런 아이가 모든 것을 걸고 한 창업이 실패로 돌아갔고, 그토록 얻고 싶었던 것을 아무리 노력해도 얻지 못한다는 좌절감과 실패감이 삶의 결과로 돌아왔을 때, 삶에 대한 모든 의욕을 놓아 버리고 싶을 정도로 정말 많이 힘들었다.

창업을 하고 돈을 많이 벌어서 엄마에게 인정받고 싶었던 그 마음을 나는 이제 내려놓기로 했다. 엄마에게 사랑받고 인정받아야 한다는 것도 결국 나의 고정관념이라는 사실을 깨달았기 때문이다.

엄마가 나를 인정해줄 필요는 없다. 나는 누구에게도 인정을 받을 필요가 없다. 나는 그저 나 자신으로 존재하고, 내 삶의 꽃을 피우기 위해 이곳에 왔다. 명상과 글쓰기를 통해 얼마든지 나는 진정한 나 자신과 연결될 수 있다. 그 연결을 통해 내가 그토록 엄마에게 원했던 그 사랑을 내가 나 자신에게 줄 수 있다. 받는 존재가 아니라 주는 존재가 될 수 있다.

엄마는 엄마가 줄 수 있는 최선의 사랑을 나에게 주었다. 이제는 내가 받고 싶었던 그 사랑을 내가 엄마와 세상에 줄 수 있다. 부족과 결핍이 아닌 풍요와 축복 안에서, 진정한 사랑을 줄 수 있는 사람이 바로 나라는 것을 이제 완전히 깨달았다.

진짜 나는 사랑이다

지난주 온라인 글쓰기 강의를 들었다. 요즘 참여하고 있는 작가 미소 님의 '토해내는 글쓰기' 프로그램의 하나로 진행된 강의였다. 그런데 갑자기 강의를 진행하던 미소 님이 재미있는 미션을 주었다. '밥'이라는 주제로 10분 동안 자유롭게 글을 써보라는 것이었다. 정말 토해내는 글쓰기다운 미션이었다. 처음에는 어안이 벙벙했지만, 그래도 펜을 들고 무작정 써 내려가기 시작했다. 그리고 그때 쓴 글이 삶에 큰 돌파구가 되었다.

나에게 밥은 엄마의 사랑이다. 어렸을 때부터 엄마가 맞벌이를 한 탓에 나는 항상 엄마와의 시간이 부족했다. 정확히는 엄마와의 추억, 엄마와의 대화, 엄마와의 공감이 부족했다. 그래서 항상 엄마의 사랑이 고팠다. 지금 나의 어린 시절을 돌아봐도 엄마와의 기억은 텅 비어있다.

그런 내가 엄마의 사랑을 느낄 수 있는 단 하나가 바로 '밥'이었다. "밥 먹었니? 뭐 해줄까?" 엄마는 항상 밥으로 사랑을 줬다. 그래서 엄마의 사랑에 대한 나의 배고픔을 더 채우기 위해 나는 항상 밥을 이용했다. 밥을 덜 먹거나, 반찬을 가리거나… 동생과 비교해 나는 유난히 음식을 가렸다. 그리고 여전히 지금도 나는 밥을 통해 엄마의 사랑을 느끼고 확인받는다.

이제는 나도 엄마를 위해 맛있는 밥, 푸짐하고 정성스러운 밥상을 차려드려야지 하고 생각한다. 이제 나는 엄마의 사랑이 고픈 아이가 아니기 때문이다. 내가 바랐던 사랑을 엄마에게 먼저 주며, 그토록 바랐던 엄마와의 대화, 엄마와의 공감, 엄마와의 추억을 이제부터 조금씩 쌓아 나가야겠다. 엄마가 더 나이 드시기 전에 어린 시절 텅 비어있던 그 추억을 이제 만들어가야겠다.

이 글을 쓰면서 눈물이 핑 돌았다. 글을 쓰고 발표를 하는 시간이 있었는데, 그때도 목소리가 떨려서 눈물을 참느라 혼이 났다. 나도 몰랐던 내 내면이 치유된 것 같은 뭉클하면서도 따뜻한 느낌을 받았다. 역시 이 느낌 때문에 나는 글을 쓴다.

그리고 참 신기하게 이 글을 쓰고 나서, 앞으로 남편에게 더욱 따뜻하게 밥을 잘 챙겨줘야겠다고 생각하게 되었다. 그 전에 밥은 내 관심사가 아니었고, 내가 잘하지 못하는 것, 재주가 없는 것이라는 인식이 강했는데, 글을 쓰고 나서 신기하게 바뀌었다. 밥 자체도 중요하지만, 밥에 전해지는 내 사랑을 마음껏 주고 싶다는 생각이 들었다. 글만으로 사람 마음이 이렇게 바뀔 수 있다니, 정말 신기하다.

그리고 더 나아가 나에게는 지금 쓰는 이 글이, 우리 엄마가 나에게 주었던 '밥'과 같다는 생각이 들었다. **사랑하고 싶고, 사람들**

에게 사랑을 주고 싶지만, 돈이 많고 부자가 되어 돈에 대한 걱정과 불안이 없어야 사랑을 할 수 있다고 생각했다. 그런데 이제는 그 생각이 완전히 바뀌었다.

사랑하고, 내가 먼저 사랑을 줘야 부자가 될 수 있다는 것을 알았다. 그래서 이제는 사랑할 기회, 사랑을 줄 기회를 놓치지 않을 생각이다. 내가 진짜 내가 될 때, 돈이 나에게 다가온다는 것을 이제는 안다. 진짜 나는 사랑이다. 두려움이 아닌 사랑. 나는 진짜 나로 살 것이다.

✩ 원하는 것을 먼저 주기

　지난주 엄마, 동생과 함께 '금쪽같은 내 새끼'라는 TV 드라마를 보았다. 그리고 이 드라마에 나오는 엄마와 아이가 안쓰러워 다 같이 울었다.

　맞벌이를 하는 8남매의 엄마가 있다. 첫째 아들은 세심하고 예민한 성격이었고, 엄마는 아들과 공감하며 대화할만한 마음의 여유가 부족했다. 엄마와 대화하다 입을 닫는 아이를 보면서 엄마는 울어버렸다. 그 모습을 보는 우리 가족도 다 같이 울었다. 맞벌이 엄마와 세심한 아이. 무뚝뚝한 엄마와 공감을 바라는 아이. 꼭 어린 시절의 나 같았다.

　사람마다 그냥 지나칠 수 있는 쿨한 부분이 있고, 유독 민감한 부분이 있는데, 나의 경우에는 나의 감정을 인정하고 존중해주지 않을 때가 그렇다. 마치 상대방이 내 사람이 아닌 것처럼 느껴진다. 그리고 그 뿌리는 감성이 풍부한 성격이지만, 감정을 나누거나 공유하지 못했던 어린 시절의 영향이 크다. 아주 가끔 남편과 다툴 때도 대부분 다툼의 원인은 공감해주지 않아서, 혹은 공감한다고 말은 하지만 진심이 느껴지지 않아서였다.

나의 이런 결핍을 어떻게 치유해나갈 수 있을까. 어떻게 나 스스로 해결해나갈 수 있을까. 지난 며칠간 이 질문이 머릿속을 맴돌았다.

"무언가를 바란다면, 먼저 그걸 베풀어 봐."

오프라 윈프리가 극찬한 세계적인 영성 철학자, 디팩 초프라가 쓴 『부모수업』이라는 책에 나오는 내용이다. 바로 이 글이 답이었다.

내가 원하는 것을 먼저 주는 것. 사랑이든, 인정이든, 공감이든 마찬가지다. 사랑받기를 원한다면 내가 먼저 사랑을 주고, 공감받기를 원한다면 내가 먼저 공감하면 된다.

나는 공감받지 못했던 어린 시절의 나를 붙잡고, 마치 아이처럼 떼를 쓰고 있었다. 제발 내 말에 공감해달라고 울부짖고만 있었다. 세상의 이치를 무시하고 말이다. 먼저 주는 것. 받으려고만 하지 말고, 내가 원하는 것을 먼저 내어주는 것. 분명 글로 읽어 머리로 알고 있었는데, 이렇게 내 삶에 적용하는 데에는 시간이 걸린다.

이렇게 깨닫는 것으로 끝나는 것이 아니라, 잘 붙잡고 늘어져서 삶에서 많은 결과를 만들어내기를 나 자신에게 기대해본다. 삶의 지혜란, 머리가 아니라 나의 실제 행동에서 나오는 것이기 때문이다.

돈은 뿌리의 결과다

돈에게 사랑받는 방법은 무엇일까? 그동안 멀어졌던 돈과의 관계를 다시 바로잡는 방법은 무엇일까? 돈과 아주 확실하게 화해하는 방법은 무엇일까? 내가 나 자신에게 가장 많이 했던 질문이 바로 이것이다.

돈에게 사랑받는 가장 확실한 방법은 바로 '인정'과 '감사'다. 나는 본래 돈에 대해 불만과 원망이 많았던 사람이다. 돈에 대해 내가 가진 감정은 결핍, 그리고 불안이었다. 하지만 돈과 화해하고 싶었다. 내가 그토록 하고 싶은 그 일을 하려면, 꿈을 현실로 이루려면, 돈과 화해하고, 돈을 내 편으로 만드는 것이 필요했기 때문이다.

돈에 대한 확신과 신뢰가 필요했다. 돈은 언제나 나를 행복하게 한다는 돈에 대한 신뢰. 그리고 나는 얼마든지 풍요를 창조할 힘과 능력이 있다는 나 자신에 대한 확신이 필요했다.

이러한 신뢰와 확신은 절대 단번에 생기지 않는다. 꾸준한 의지를 가지고, 나를 들여다보고 생각을 바꿔 나갈 때 가능하다. 그래서 나는 매일 일기 쓰기를 선택했다. 매일 돈과 화해하고, 돈과 더 가까워지기 위해, 나에게 풍요를 주는 돈을 인정하고, 돈에 감사하기 위해, 일기를 쓰기로 한 것이다.

돈을 지배하기 위해서는 돈에 얽혀 있는 모든 감정을 내려놓아야 한다. 그래서 나는 어린 시절부터 지금까지의 나 자신을 들여다보는 시간을 가졌다. 그리고 알게 되었다. **돈은 내 내면의 거울이라는 것. 돈은 내 마음속 뿌리 깊은 결핍과 불안의 결과라는 것. 데칼코마니처럼, 돈은 나를 있는 그대로 보여준다는 것을.**

결핍과 불안이 아니라 기쁨과 평안으로 나의 내면을 바꾸면, 그 결과는 어떻게 될까? 내가 풍요일기 프로젝트를 통해 하고 있는 것이 바로 이것이다.

이 모든 과정이 돈에 대해 알기 위한 길이었는데, 결국 진짜 나를 알아가는 여정이 되었다. 풍요를 위해 나를 들여다보고, 나의 내면을 변화시키는 과정에서, 기쁨과 평안이라는 진짜 나를 만나게 된 것이다. 돈을 통해 나를 알고, 진짜 나를 만나게 되었다. **세상에 진짜 나를 만나는 것보다 더 기쁜 일이 어디 있을까? 내가 돈에 진심으로 감사할 수밖에 없는 이유다.**

결핍과 불안이 평안과 기쁨, 사랑으로 바뀌면서 내가 기존에 갖고 있던 돈에 대한 믿음도 자연스럽게 바뀌었다. **이미 있는 것. 이미 충분히 있는 것. 내가 선택하면 충분히 가질 수 있는 것. 내가 목표를 설정한 순간, 이미 있는 것. 즐겁게 흐름을 타며 찾기만 하면 되는 것. 지금 내가 생각하는 돈은 이런 것이다.**

힘들게 애써야 얻을 수 있었던 돈이 지금은 훨씬 즐겁고, 가볍고, 재미있는 것이 되었다. 돈에 얽혔던 감정을 놓아버리니 돈이 훨씬 담백해졌다. 무겁지 않고, 다정하고 따뜻한 친구가 되었다.

나는 매일 아침, 꽃에게 물을 주듯이 돈에게도 사랑과 인정, 감사를 준다. 활짝 핀 꽃이 나의 아침을 기분 좋게 열어주는 것처럼, 활짝 핀 돈이 나의 꿈을 기쁨과 풍요로 열어줄 것이라고 믿는다.

『돈은 아름다운 꽃이다』. 베스트셀러였던 이 책 제목처럼, 이제 돈은 나에게 정말 아름다운 꽃이 되었다.

삶의 목적에 대해 질문하기

신라호텔 정문에는 큰 조명 장식이 있다. 그곳을 지날 때마다 항상 생각한다. '어쩜 이리 빛이 아름다울까?' 반짝반짝 빛이 한 방울씩 쏟아질 것같이 완벽한 빛 조명을 보면 정말 감동이다.

어느 날 명상을 하는데 그 빛 장식이 떠올랐다. 눈부신 그 빛보다 훨씬 더 아름다운 빛이 바로 내 안에 있다는 느낌이 들었다. 그 아름다운 빛이, 다른 것이 아니라 바로 나라는 것, 그 빛이 내 안에 있다는 것이 느껴졌다. 헤매고 헤매다 드디어 진실을 찾은 느낌이었다. 항상 그곳에 있었던 진실이 드디어 나를 찾아낸 느낌이었다.

'나는 왜 이 세상에 있는가? 나는 누구인가?' 꿈이 나에게 준 가장 큰 선물은, 이 질문에 대한 뚜렷한 답이다. 한 번도 삶에서 거들떠보지 않았던 이 질문을 나에게 던진 순간, 나의 모험은 시작되었다. 그리고 그 모험은 한 번도 경험해 보지 못했던 세계로 나를 이끌어주었다. 그동안 내가 외면했던 나 자신을 직면하게 했다.

멀쩡해 보였지만, 상처와 아픔투성이였던 나 자신을 피하지 않고 똑바로 보게 해주었다. 진심으로 따뜻하게 그런 나를 안아줄 수 있게 되었다. 그렇게 **나에 대한 사랑은 시작되었다.** 완벽하지 않은 나. 때로는 넘어지고 아픈 나. 아파 우는 나. 이 모든 나를 있는 그대로 사랑하게 되었다.

필연적으로 마주할 수밖에 없었던 '돈'을 다시 바라보며, 돈에 대한 상처도 씻을 수 있게 되었다. 실은 돈이 아니라, 돈을 통해 나 자신을 씻은 것이다. **상처와 아픔을 들여다보면 볼수록, 나의 존재는 더 커졌다.** 나는 내 안의 상처와 아픔이 왜 존재하는지 알게 되었다. 삶의 모든 것은 정말 축복이었다. 그렇게 돈에 대한 상처에 감사하게 되었다. 나는 다시 태어났다.

나는 전보다 나를 더 잘 다룰 줄 안다. **내 안의 상처를 다루는 법.** 내 안의 고통을 다루는 법을 안다. 그리고 나의 흐름과 나의 리듬을 안다. 그래서 예전보다 더 현명하다. 무엇보다 나를 더 사랑하고, 그래서 더 행복하다. 그토록 원했던 행복이 이제는 자연스레 내 것이 되었다.

돈이 아니라, 사랑이었다

당신은 왜 부자가 되기를 원하는가? 당신은 돈을 통해 무엇을 얻기를 원하는가? 부자가 되어 얻고 싶은 **감정**, 그리고 **삶의 가치**는 **무엇인가?** 어제 명상을 하며, 돈에 대해 스스로 질문을 해보았다. **나는 왜 돈을 원하는가? 내가 돈을 통해 얻고 싶은 것은 무엇인가?**

안전, 자유, 사랑이라는 세 단어가 떠올랐다. 내가 생각하는 안전은, 돈 때문에 불안하거나 힘들지 않고, 항상 기분 좋게 사는 것이다. 그리고 자유란, 내가 원하는 것, 내가 갖고 싶은 것을 다 가질 수 있는 것, 선택할 수 있는 힘이다. 그리고 마지막으로 사랑은, 사랑하는 사람에게 인정받는 것. 귀함과 소중함을 받는 것, 따뜻함을 느끼는 것, 연결됨을 느끼는 것을 말한다. 나는 이런 감정을 느끼기 위해 돈을 원하는 것이었다.

그러던 어느 날, 집에 오는 길에 깨달았다. 내가 진정으로 삶에서 원했던 것은 돈이 아니라 사랑이었다는 사실을. 돈을 통해 사랑을 얻고 싶었다는 것을. 그 사랑이라는 **따뜻한 감정**이 내가 돈을 통해 얻고 싶었던 궁극적인 목표였다. 그리고 역설적이지만 사랑을 해야 돈을 벌 수 있다는 것도 알았다. 사람들을 진정으로 사랑해야 나에게 돈이 온다는 것, 나에게 풍요가 자연스럽게 흘러 들어온다는 것을 말이다.

어제 명상을 하고, 돈을 통해 얻고 싶은 감정들을 문장으로 만들어 노트에 적어보았다. "항상 기분 좋게 선택하며, 사랑하는 사람에게 인정받고, 따뜻함을 느끼며 살아서 감사합니다." 그리고 그 아래에 두 문장을 더 적었다. "나는 돈을 잘 압니다. 나는 부자입니다. 돈이 내 삶에 언제나 충분히 있다는 것을 압니다. 나는 풍요의 존재입니다."

내가 돈을 알아가는 방식은 이와 같다. 명상을 통해, 사색을 통해, 성찰을 통해, 책과 글쓰기를 통해 나는 돈을 알아가고, 나 자신을 알아간다.

나는 더 이상 돈이 없어질까 봐 불안해하지 않는다. 가난을 두려워하지 않는다. 사랑을 갈구하지 않는다. 인정에 목말라하지 않는다. 나는 나만의 목표를 뚜렷이 갖고, 꿈이 이루어지는 과정을 즐긴다. 나는 나의 성장을 스스로 인정하고, 매일 삶에 넘치는 축복을 찾는다. 나는 더 이상 삶의 피해자나 희생자가 아니다. 삶이라는 게임을 즐기는 진정한 주인공이다.

나는 더 이상 사랑을 받고 싶어 하는 존재가 아니다. 나는 사랑을 주는 존재다. 사랑을 주고, 스스로 풍요를 창조하는 존재다. 그게 바로 진정한 나다.

나는 안전하다

'나는 지금 왜 여기에 있는가? 나는 왜 지금 여기, 이 지구에 있는 가? 나는 무엇을 위해 살아야 하는가?'

나는 살면서 한 번도 '왜'라는 질문을 하지 않았다. 10대 때 '나는 왜 공부해야 하는가?'라는 질문을 하지 않았다. 20대가 되어서도 '나는 왜 이 일을 해야 하는가?'라는 질문은 하지 않았다. 그저 나에게 주어진 대로, 주어진 삶을 살았다. 스스로 생각하거나 질문하고, 나만의 관점을 만들어보려는 노력은 전혀 하지 않았다.

20대 중반을 지나며 나는 질문하는 삶을 시작했다. **나의 삶을 살고 싶었기 때문이다.** 주어진 삶은, 내 삶이 될 수 없다는 것을 알았기 때문이다.

철저히 나의 삶을 살기 위해서는, 나 자신에게 질문해야 했다. 나는 지금 왜 여기에 있는가? 나는 왜 지금 여기, 이 지구에 있는가? 나는 무엇을 위해 살아야 하는가? 주어진 답이 아니라, 나의 답, 나만의 답을 찾는 것이 중요했다.

내가 얻은 답은, 삶은 살아남기 위해 힘들게 고생하는 생존 게임이 아니라는 것이다. 신은 나를 힘든 곳에 몰아넣고, 살아남기 위해 애쓰는 것을 바라보는 존재가 아니다. 삶은 하나의 기회다. 진짜 나를 느끼기 위한 소중한 기회가 바로 삶이다.

삶은 안전하다는 것. 포근하고 푹신한 소파처럼, 마음 푹 놓고 즐겨도 된다는 것. 나의 생존은 이미 보장되어 있다는 것. 신은 나를 진심으로 사랑한다는 것. 신은 따뜻하다는 것. 나는 이 진실 위에서, 마음껏 나를 표현하며 사는 것을 내 삶의 방식으로 정했다.

'나의 글을 읽는 모든 사람들이 자신의 꿈에 더 다가갈 수 있다면.' 내가 나를 표현하고, 느끼는 방식은 이것이다. 나는 사랑이다. 나는 나의 글을 읽는 사람들을 위해 글을 쓴다. 내가 경험하고 느낀 모든 것이 글을 읽는 사람들에게 진심으로 닿기를 바란다. 내가 느꼈던 상처와 아픔이 사랑으로 아름답게 꽃피우기를 희망한다.

끝을 알 수 없는 무한한 가능성. 별과 같이 반짝반짝 빛나는 존재. 나도, 그리고 이 글을 읽는 당신도 모두 그런 존재다. 우리는 모두 뜨거운 열정을 가슴에 지니고 있다. 누구보다 뜨거운 열정을 가진 당신. 눈치 보고 머뭇거리기에는, 지금 주저앉아 포기하기에는, 당신은 너무 눈부시다.

될 때까지 하면 된다. 이미 당신의 꿈은 당신 손바닥 위에 있다. 당신은 인생이라는 게임에서 절대 실패할 수 없다. 당신이 가는 길, 당신이 가고자 하는 그 길은 신이 당신을 위해 준비한 길이다. 그 길 안에서 마음껏 사랑하며, 마음껏 창조하고, 마음껏 풍요를 누리자. 당신을 진심으로 응원한다.

우리는 모두 피어날 운명을 가진 꽃이다

'내 삶이 가장 활짝 꽃피웠을 때가 언제였지? 나라는 꽃이 활짝
피었던 때는 언제였을까?'

오늘은 나에게 이런 질문을 해보았다. 즐겁고 행복했던 때도
그랬지만, 나는 **고통에서 숨겨진 보물을 발견했을 때**가 생각났다. 창
업에 실패하고 빚을 지게 됐을 때, 나는 가장 고통스러웠다. 하늘
이 무너지고, 신이 나를 버린 것 같았다. '나는 완전히 버려졌구나'
하고 생각했다.

평소 가졌던 긍정적인 마음은 상황 앞에서 모두 자취를 감추
었다. '나는 안된다'라는 생각, '나는 절대 원하는 걸 가질 수 없다'
라는 내 안에 뿌리 깊이 남아있던 그 생각들이 물밀듯이 들어왔
다. 파도처럼 나를 덮쳤다. 어떻게 손쓸 수 없을 정도로.

나라는 꽃이 활짝 피어나는 순간은, 그 고통이 신이 준 선물
이라는 걸 깨닫게 되는 순간이었다. 내가 원하는 것을 갖도록, 꿈
꾸는 그것이 나에게 올 수 있도록, **그 고통이 나를 깨끗이 청소하**

는 과정이었다는 것을 깨닫는 순간이었다. 그 순간은 황홀 그 자체다. 마음이 평온해지는 순간, 나와 다시 연결되는 순간, 신의 따뜻한 사랑을 느끼는 그 순간에 나는 움츠러들었던 꽃봉오리를 활짝 피워낸다.

고통은 나를 더 깊게 들여다보게 한다. 고통은 내가 깨끗하게 청소해야 할 것이 무엇인지 보여준다. 고통은 삶이라는 여행의 걸림돌이 아니다. 나를 위한 아이템이다. 게임 속 캐릭터가 다른 레벨로 가기 위해 얻는 아이템과 같다. 고통을 포함하여 삶의 모든 일이 진정한 나 자신을 찾아가는 여행이다.

삶에서 일어나는 모든 일을 받아들이자. '어서 와!' 하면서 환영하자. 이 일이 나에게 주는 배움, 그 보물을 찾자. 지금 이 여행이 나에게 최고다. 흐름에 몸을 맡기자. 지금 이 순간을 소중히 아끼자.

나의 고통을 모두 받아들이고, 그 안에 반짝반짝 빛나는 보물을 발견하는 순간, 나는 다시 태어난다. 완전히 다른 존재가 된다. 고통이 축복이 될 수 있음을 깨닫는 순간이 바로 내가 활짝 피어나는 순간이다.

우리는 모두 피어날 운명을 가진 꽃이다. 그 운명이 우리를 기다리고 있다. 나를 더 깊게 들여다보는 순간, 그 운명은 시작된다.

돈은 신의 다른 모습이다

돈을 지배하는 법. 돈에 지배당하지 않고, 내가 돈을 지배하는 법은 무엇일까? 돈에 끌려다니는 것이 아니라 돈이 나에게 저절로 굴러 들어오는 법을 알 수만 있다면, 자석처럼 내가 돈을 끌어당기는 법을 알 수만 있다면, 돈 때문에 걱정하거나 불안해하는 일은 없을 것이다.

바로 그 비법은, **돈에 얽혀 있는 감정을 솔직하게 바라보고 놓아버리는 것이다.** 돈과 관련된 부정적인 감정, 상처와 고통을 내려놓고, **깨끗한 마음으로 돈을 다시 바라보는 것이다.**

나는 작년 한 해, 무조건 열심히 노력만 하는 것이 답이 아니라, 먼저 그 이면에 얽혀 있는 나의 감정을 들여다보는 것이 매우 중요함을 경험했다. 부정적인 감정을 놓아버리고, 내면을 깨끗하게 하여 마음을 새롭게 하는 것이다. 그렇게 하면, 훨씬 쉽고 자연스럽게 내가 원하는 결과를 삶에서 만들어낼 수 있다. 배를 조종하는 항해사처럼, 얼마든지 쉽게 내가 원하는 방향으로 내 삶을 데려갈 수 있다. 내가 내 내면을 깨끗하게 정리하기만 한다면 말이다.

돈에 대한 수치심, 죄책감, 열등감, 과한 의무감 등 부정적 감정이 내 안에 있으면, 반드시 그 감정은 내 삶에 나타난다. 마치 거울과 같다. 내 감정이 그대로 내 삶의 결과로 고스란히 나타나는 것이다. 거울에 비친 내 모습을 보고 아무리 화를 내고 원망을 해도, 거울이 비추는 나 자신을 바꾸지 않으면 아무 소용이 없는 것처럼, 내 안의 감정을 들여다보고 바꾸지 않은 채 삶의 결과만을 가지고 원망해봐야 소용이 없다.

나는 창업을 하고 실패를 경험하면서, 내 안의 결핍과 불안이 돈에 대한 결과로 나타났음을 깨닫게 되었다. 그래서 부모님과의 관계에서 얽힌 돈에 대한 감정, 나의 어린 시절, 내 과거로부터 온 감정, 돈에 대해 사회로부터 주입된 관념까지 모두 샅샅이 들여다보고 놓아주었다. 그리고 이것은 결국 나 자신을 깨끗하게 하는 과정이었다.

상처가 만든 집착이 아니라 나에게 기쁨과 풍요를 주는 건설적인 친구로 돈과의 관계를 바르게 정립해야 한다. 돈 비는 방법을 찾는 것보다 이것을 먼저 해야 한다. 처음으로 돌아가, 깨끗한 마음으로 다시 돈을 바라봐야 한다. 그렇게 깨끗한 마음 상태에서 내가 원하는 꿈, 목표를 설정하면, 힘을 들이지 않고 아주 쉽게 결과를 얻을 수 있다. **결과에 대한 확신, 그리고 나에 대한 확신은 깨끗하게 정리된 마음이 주는 선물이다.**

실패했다고 생각했을 때 느꼈던 신에 대한 배신감이, 이제는 신에 대한 무한한 신뢰로 바뀌었다. 풍요는 바로 그러한 확신에서 오는 선물이다. 나는 풍요를 사랑하고 즐긴다. 따뜻한 감사를 느낀다. 풍요가 바로 신이 나에게 주는 사랑이기 때문이다.

☆☆ 돈, 움직이는 명상처럼

　작년 봄, 잠실 월드타워 시그니엘 호텔에 갔다. 파노라마 한강 뷰가 멋진, 우리나라 최고의 호텔! 지금은 남편이 된 당시의 남자 친구가 프러포즈를 위해 예약한 곳이었다. 넓은 한강과 서울이 한 눈에 보이는 엄청난 뷰에 감동을 받았다. 차를 타고 갈 때는 한참 멀게만 보이던 한강 다리들이 어쩌면 그렇게 서로 가까워 보이던 지 놀라울 따름이었다. 그렇게 한강 뷰를 만끽하며 뜨거운 물에 혼자 반신욕을 했다. 내 생애 가장 기쁘고 행복한 순간이었다.

　그렇게 따뜻한 물에 몸을 녹이며 고개를 들어 다시 한강 다 리를 보는데, 어둑해질 무렵 한강 다리를 오가는 차들이 보였다. 꼭 다리가 나고, 다리를 왔다 갔다 하는 차들이 돈처럼 보였다. 예전부 터 돈은 가만히 있는 것이 아니라 오가는 흐름이라는 생각을 했다. 최 근에 읽은 책에도 통화(currency)라는 말이 흐름(current)에서 생 겨났다는 말이 나온다. 어떻게 하면 나에게 더 많은 돈이 오고 갈 수 있도록 할 수 있을까 생각해보았다.

'그 다리가 울퉁불퉁해서 차가 오고 가기 힘들면 안 되겠지. 매끈하게 잘 정리해야겠다. 그리고 다리를 더 넓혀야겠지. 4차선, 8차선 도로가 될 수 있도록 말이야. 다리의 폭을 더 넓게 해서 더 많은 돈이 활발히 움직일 수 있도록 해야겠네. 오가는 차가 많아질수록 나는 부자가 될 테니!'

질문에 답한 순간, 돈과 관련된 모든 상황에서 '지금 이 순간'에 머무는 것, 돈에 대한 생각과 감정에서 벗어나는 것, 인간으로서 주어진 당연한 권리인 풍요와 축복 안에 머무는 것, 움직이는 명상처럼 매일을 사는 것, 이 모든 것들이 가능하다는 느낌이 들었다.

언제나 느끼지만, 삶을 깨우는 반짝이는 영감은 내가 기분이 좋을 때, 내가 정말 행복할 때 떠오른다. **나를 행복하게 하는 것이 부를 창조하는 기본인 이유이다.** 그렇기에 돈과 관련된 모든 상황에서 기분 좋은 반짝임을 잃지 않고 유지하는 것이 중요하다.

그렇다면 어떻게 모든 상황에서 좋은 기분을 유지할 수 있을까? **돈의 신은 인정과 감사를 좋아한다. 따뜻하게 감사를 느끼고, 진심으로 인정해주는 것.** 돈을 끌어당기는 마법은 바로 여기에 있다.

게임을 즐기듯, 오늘, 그리고 삶에서 태어나 지금까지 내가 받은 모든 풍요를 하나씩 찾아보자. 빛처럼, 물처럼, 공기처럼 우리는 공짜로 풍요를 받았다. 무한한 사랑과 축복을 이미 받은 것이다. 우리가 결핍의 틀에 갇히지 않는다면, 이미 받았던 무한한 풍요를 다시 느낄 수 있다. 그 권리를 충분히 다시 누릴 수 있다.

돈 때문에 힘들 때도 마찬가지다. 돈에 대한 두려움, 불안 등의 감정이 올라올 때마다 그 상황을 축복하자. 그 상황에 감사하자. 모든 감정은 아기다. 내 관심을 바라는 아이다. 그 감정이 말하는 것을 귀 기울여 듣고, 느껴주면 반드시 내가 앞으로 가야 할 곳을 알려준다. 우리에게는 감정을 축복으로 만드는 힘이 있다. 우리가 활용하지 않았을 뿐, 이미 우리에게 주어져 있다. 앞으로 잘 활용만 하면 된다.

나의 삶을 찾는 것이 그렇듯, 돈과의 관계에서도 나 자신을 깊게 들여다보는 것이 중요하다. 나의 마음을 들여다보는 것. 내 느낌에 귀 기울여 돈을 새롭게 만나는 것. 결국 돈과의 관계도 내가 만들어가는 것이다.

4장
실패야,
가벼워지자

먼 길을 돌아와도 괜찮아

나는 서른이 되던 해, 1인 기업을 창업했다. 그리고 보란 듯이 망했다. 창업을 하고 3년 2개월 뒤, 나는 회사에 다시 취업했다. 200개 회사에 서류를 냈고, 8번 면접을 봤다. 그리고 그중 한 곳에 합격했다. 그곳이 마이크로소프트다. 입사 후 마이크로소프트 호주 지사에서 일할 기회가 생겼지만, 지원하지 않았다. 가슴속에 간직한 오랜 꿈이 있었기 때문이다.

고달프고 척박한 취업 전선에서 고군분투하던 그때야 비로소 알게 됐던 진짜 내 일. 그 일을 다시 하고 싶다는 뜨거운 열망이 회사에서 일하는 내내 내 가슴 속에 살아있었다. 사라지지 않는 뜨거운 불씨였다. 참 신기하게도 그 불씨를 만든 시기는 창업해서 일했던 때가 아니라, 창업했던 회사를 접고 재취업을 결심했던 때였다.

절박한 마음으로 매일 서류를 제출하고 면접을 보면서도, 꼭 하고 싶었던 나의 일. 나는 매주 주말, 세미나를 열었다. 역삼역 동그라미 재단에서, 강남역 에이블스퀘어에서 소수 인원을 모아서 내면 아이 치유, 동기부여를 위한 세미나를 열었다. 고맙게도 당시 인연이 닿았던 사람들이 꾸준히 세미나에 참여해주었고, 그 시간으로 인해 나는 모든 것을 내려놓고 진심으로 나의 메시지를 전할 수 있었다. 그리고 그 힘 덕분에 힘들었던 취업의 시간을 잘 견뎌낼 수 있었다.

다른 어떤 보상 없이도, 그저 그 시간만으로도 나는 충분히 행복했다. 추운 겨울, 역삼역에서 나와 동그라미 재단까지 가는 그 길을 걸어가면서 나는 너무나 설레고 기뻤다. 세미나를 마치고 집에 가는 길은 너무 따뜻하고 포근했다. 그때 나는 이 일을 내가 정말 좋아한다는 것을 깨달았다. 그리고 알았다. **나는 분명 이 길로 다시 돌아오리라는 것을. 그게 지금이 아니어도 괜찮다는 것을. 더 많은 것을 경험하고, 먼 길을 돌아와도 충분히 괜찮다는 것을.**

함께 일하던 팀 동료의 마지막 근무 날이었다. 고기와 술 한잔을 나누다 우연히 그 동료가 입사 전에 창업했었다는 사실을 알게 됐다. 그 일이 잘 안되어 회사에 입사하게 됐다는 것이다. 그 친구는 절대 자신은 같은 업종으로 다시 창업하지 않겠다고 말했다. 그 이야기를 들으며, '아, 진짜 나는 내 일을 이미 찾았구나' 싶었다. 그 친구가 한 말이 이치에 맞는 것처럼 들렸기 때문이다. 대부분의 사람들은, 자신이 고생한 만큼 다시는 그 길로 돌아가고 싶지 않을 것이다.

웬일인지 나는 그때 했던 고생보다 그때 느꼈던 기쁨이 더 기억에 남는다. 절대 꺼지지 않을 불씨처럼, 아직도 생생히 가슴에 살아있다.

내가 살아있음을 느끼는 일. 내가 가장 행복한 일. 내가 가장 사랑을 느끼는 일. 지금이 아닌, 먼 훗날 그 언제라도, 충분히 기다리며 인내할 수 있는 일. 기쁨이 너무 커서 험난한 고통도 별것 아닌 듯이 만들어 버릴 수 있는 일. 그 일을 나는 서른이 되던 해 시작했고, 서른셋이 되던 해에 확실히 깨달았다.

그리고 아직도 나는 여전히 꿈을 꾼다. 나에게 가장 좋은 때를 기쁜 마음으로 기다린다. 지금은 이 기다림이 참 좋다.

괜찮아, 다시 일어설 수 있어

'선경아, 왜 그렇게 너를 괴롭혀. 왜 그렇게 너를 힘들게 해.'

내 인생에서 가장 힘들었던 때는, 마이크로소프트에서 일하기 직전, 창업에 실패해서 다시 회사에 들어가려고 준비했던 바로 그때였다.

'완전히 내가 틀렸어. 난 실패했어. 난 실패한 사람이야.'

고통스러운 생각과 취업을 해야 하는 상황이 섞여서 그때는 정신적으로 정말 많이 힘들었다.

그러던 어느 날이었다. 너무 무기력해서 아무것도 하기 싫고, 방에 누워만 있던 날이었다. '넌 안돼. 어차피 넌 안되니까 이제 아무것도 하지 마'라고 생각하며, 아주 힘들어하고 있던 그때, 정말 내 인생은 이제 끝이구나 느꼈을 때, 마음속 어딘가에서 희미한 목소리가 들려왔다.

'선경아, 왜 그렇게 너 스스로를 괴롭혀. 왜 그렇게 너를 힘들게 해.'

벼락을 맞은 느낌이었다. 벌떡 일어나 노트북을 들고 근처 스타벅스에 갔다. 지금 이 상황과 내가 하는 생각들을 바라보기 시작했다. 그리고 깨달았다. **나는 항상 나 자신을 좋아하지 않았다는 것**을. 창업에 실패해서 빚을 진 내가 아니라, 창업을 하기 전의 나도, 그 훨씬 전의 나도, 나는 나 자신을 좋아하지 않았다는 것을. 나를 바라볼 때, 항상 부족한 부분, 못난 부분만 보고 있었다는 것을. 그 사실을 갑자기 확 깨달으니 눈물이 났다. 나한테 너무 미안해서 흐르는 참회의 눈물이었다.

나는 나 자신의 다정한 친구가 아니었다. 항상 못된 시어머니였다. '이거 해라, 저거 해라. 저건 왜 이러냐. 이건 더 해야지 않냐. 이건 남들보다 못한 거 같다. 이건 더 노력해라.' 나 자신에게 주로 하던 말이었다.

나는 나를 좋아하지 않았다. 그것이 너무 미안했다. 내가 나에게 그렇게 미안했던 적은 살면서 처음이었다. 나에게 못되게 굴어서, 좋아해 주지 않아서, 나를 따뜻하게 안아주지 못해서 정말 미안했다.

누구보다 지금 상황에서 제일 힘들어할 사람은 바로 나인데, 나는 나를 일으켜 세우기는커녕 아예 일어나지 못하도록 더 쏘아붙이고 아픈 말만 했다. 마치, 싫어하는 누군가가 좋은 기회라도 잡은 양, 이때다 싶어 더 쏘아붙이는 느낌이랄까. 이 모든 것을 깨달은 나는 살면서 처음으로 정말 따뜻하게 나를 안아주었다.

'괜찮아. 다 괜찮아. 너 다시 일어설 수 있어. 지금 이건 길게 보면 아무것도 아니야.
너 그동안 정말 잘했어. 정말 열심히 살아왔어. 너 최고야.'

눈물범벅일 정도로 울고 나서 나는 나 자신에게 진심으로 사과했다. 나를 따뜻하게 안아주었다. 그리고 그날부터 시작한 일이 있다. 바로 나 자신을 칭찬하는 칭찬일기다.

그동안 인정해주지 못한 나 자신에게 미안해서 사죄하는 마음으로, 그리고 무엇보다 자꾸 나의 부족함만 보는 눈을 바꾸려고 나를 칭찬하는 일기를 쓰기 시작했다. 큰 것이 아니라 아주 작은 것이라도, 내가 잘한 점을 찾고 인정해주는 습관을 갖기로 한 것이다.

칭찬일기를 하루에 3개씩 적으며, 나는 나를 칭찬하고 인정해주기 시작했다. 출근을 10분 일찍 한 것도, 동료에게 웃으며 먼저 인사한 것도, 교육 내용을 정리해서 퇴근 후 다시 공부한 것도, 예전에는 그냥 지나친 일이었지만, 모두 칭찬할 거리가 되었다. 작은 것일수록 더 크게 보고 나를 인정해주었다. 나는 칭찬일기를 통해, 나 자신을 보는 눈을 바닥에서 위로 서서히 끌어올리기 시작했다.

나는 창업의 경험이 내 삶의 가장 큰 자산이자 축복이라고 생각한다. 내가 나를 보는 눈을 바닥에서 다시 끌어올릴 힘을 주었기 때문이다. 다시 끌어올린 힘을 통해, 그 누구도 내가 허락하지 않는 한 '나를 보는 나의 눈'을 바꿀 수 없다는 것을 알았다. 그것은 상황에 따라 바뀌지 않는다.

　　그 눈은 온전히 내가 만든 것이다. 그리고 그 과정에서 만들어진 힘은 어떤 상황에서도 없어지지 않는다. 과정에는 힘이 있다. 그것은 다른 누구도 대신할 수 없는 온전한 나만의 힘이다. 그리고 그 힘은 아주 강력하다.

✦ 나는 나의 여정을 믿는다

20대에서 30대로 넘어오면서 갖게 된 것은, 바로 '여유'와 '나에 대한 관대함'이다. 20대의 나는 잘 보이고 싶었고, 똑똑해 보이고 싶었고, 그럴듯해 보이고 싶었다. 무엇보다 지기 싫었다. 무엇을 해도 남보다는 잘해야 했다. 그때는 승부욕과 오기가 내 삶에 도움이 되는 줄 알았다.

창업에 실패한 후, 내가 가장 두려워했던 그 결과에 처절히 직면한 후, 나는 변화했다. 그리고 그 변화와 그 변화를 만든 나의 실패는 내 삶의 가장 큰 축복이었다. 한 번의 실패가 내 삶 전체의 실패가 아님을 가슴 깊이 깨닫고 나서야, 나는 한 번에 승부를 보려는 조급함에서 벗어날 수 있었다.

20대의 나는 조급했다. 지금 당장 결과가 나오지 않으면, 모든 것을 실패로 받아들였다. 그리고 나를 자책했다. 기대만큼 따라와 주지 못하는 나에게 화를 냈다. 자책과 분노로 쓸데없이 많은 에너지를 낭비했다. 만약 그때 나에게 조금 더 부드러웠다면, 결과가 아닌 노력에 박수를 보내고 다음 기회를 위해 뜨겁게 응원해주었다면, 아마 나는 그리 큰 실패를 경험하지 않았을지도 모른다.

20대의 나는 시야가 좁았다. 삶이란 것이 얼마나 긴 장거리 마라톤인지, 그 긴 마라톤 안에서 얼마나 많은 기회와 축복이 나를 기다리고 있는지 알지 못했다. 바로 앞의 목표만을 보고 달리는 데 익숙한 나머지, 그 목표 앞에서 삶의 다른 면을 차분히 돌아볼 여유를 갖지 못했다.

그 목표를 달성하는 것만이 유일한 삶의 목표였고, 그래서 그것이 달성되지 못할까 봐 항상 불안했다. 열심히 하면서도 항상 불안한 나. 그것이 20대와 30대 초반의 나를 관통하는 모습이었다. 내가 계획한 목표를 달성하는 것만이 삶의 의미가 아님을 그 당시에는 몰랐다.

내가 기대한 결과가 아닌 다른 상황이 펼쳐졌을 때, 내 생각이 아니라 지금 이 상황이 옳다는 사실을 예전의 나는 받아들이지 못했다. 실망과 분노로 반응했고, 그 부정적 감정들을 가라앉히는 데 많은 에너지를 낭비했다.

지금 당장 내가 원하는 것이 이뤄지지 않아도, '네, 괜찮습니다' 하면서 받아들이는 연습을, '지금 이뤄지지 않은 것이 나에게 더 좋은 것을 알고 있습니다. 더 좋은 것이 올 것을 알고 있습니다. 미리 감사합니다' 하면서 세상에 감사하는 연습을 조금 더 일찍 했더라면 어땠을까? 조금 더 일찍 받아들임과 감사를 연습했다면, 실패의 고통을 조금은 줄일 수 있었을지도 모르겠다.

그래도 나는 처절한 실패 덕분에, 삶에서 가장 값진 교훈을 얻었다. 삶을 좀 더 긴 여행으로 보는 눈. 지금 당장 목표를 달성하는 것이 아니라 그 모든 과정에서 내가 느끼는 기쁨과 열정. 두려움과 고통까지도 사랑하는 마음의 여유. 삶의 모든 상황에서 배움을 찾는 태도. 그렇게 나는 20대와 30대 초반을 지나 중반에 들어서면서 많이 변화했다.

나는 나의 40대가 기대된다. 남보다 더 많이 가졌거나 잘났기 때문이 아니라, 나의 20대보다 30대가 훨씬 더 **진짜 나에 가까워졌기 때문이다. 나는 나의 여정을 믿는다.** 지금까지 그랬던 것처럼, 아니 그보다 더 훨씬 빠르게 변화하고 성장할 것이라고 믿는다.

내 안의 깊은 평화와 안정을 디딤돌 삼아, 앞으로의 10년도 기쁘게 이 여행을 즐길 것이다. 그렇게 평생을 즐기는 것. 삶의 순간순간을 열정과 기쁨으로 채워가는 것. 목표를 달성하는 것보다 중요한 것은 바로 그것이다.

엄마가 암에 걸렸습니다

"선경 님이 작년 한 해 얻었던 가장 큰 교훈은 뭐에요?"

"저요? 음… 저는… 내 영혼을 무시하면 안 된다? 내 영혼의 소
리를 듣지 않으면 엄청난 고통이 찾아온다! 이거요."

'아티스트 모임'이라는 내가 만든 브런치 모임이 있다. 지인들
을 모아 만든 모임인데, 한 달에 한 번 만나서 브런치도 먹고 얘기
를 나눈다. 그동안 꿈에 대한 생각을 나눌 사람이 없어, 밤새 얘기
해도 괜찮은 내가 정말 좋아하는 사람들만 모아서 모임을 만들었
는데, 함께 한 지 벌써 5년이 넘어간다. 우리는 모이면 가끔 재미
있는 질문을 하는데, 작년 이맘때쯤 모임에 나온 분이 위 질문을
내게 했다.

3년 전, 나는 마이크로소프트를 퇴사한 후 조금 쉬었다. 그리
고 다른 외국계 회사에 입사했다. 그 사이 반년 동안 내가 깊게 고
민한 것은 다시 꿈을 위해 도전하는 것과 경력을 살려 회사에 취
업하는 것이었다. 꿈을 단 한 순간도 잊은 적이 없지만, 막상 다시

시작하려니 두려움이 정말 컸다. '내가 정말 잘할 수 있을까? 다시 실패하지 않을까?'라는 두려움이었다.

그래도 하고 싶었다. 마음속으로는 정말 하고 싶었지만, 행동으로 옮겨지지는 않았다. 그렇게 고민 하던 중, 그 고민을 한 번에 끝내 준 사건이 일어났다. 바로 엄마의 암이었다.

엄마가 암에 걸렸다는 그 소식 하나로 내 고민은 완전히 사라졌다. 엄마가 다시 건강해지고 건강을 회복해서 우리 가족 모두 행복하게 사는 것이 무엇보다 중요했다. 꿈이 엄마의 건강으로 완전히 바뀌면서 창업 생각은 사라졌다.

'이번 한 번만 엄마가 원하는 대로 살아보자. 번듯한 회사에 다니면서 평범하게 잘 사는 모습을 보여드리자.' 이제 이것이 나의 꿈이 되었다.

몇 달 뒤 엄마의 수술은 성공적으로 끝났다. 나는 평범한 외국계 회사에 입사하여 회사생활을 시작했다. 그리고 3개월 만에 회사를 퇴사했다. 누군가 내게 물어보았다. 어떻게 자발적으로 3개월 만에 회사를 그만두게 되었는지. 나는 망설임 없이 대답했다.

"매일 야근하고, 일을 끝내고 돌아와서도, 다 하지 못한 일 때문에 계속 일만 생각하게 되고…. 점점 꿈을 잃어가는 것이 무서웠어요. 내가 소중하게 그려왔던 그 그림이 없어진다는 것이…. 단순히 바쁘고 일이 많아서가 아니라 내 인생에서 정말 소중한 무언가를 점점 잃어가는 느낌이 싫었어요.

사람마다 소중한 것은 다 다르다고 생각해요. 어떤 사람에게는 매달 들어오는 월급과 정규직이라는 안정감이 소중할 수 있고, 또 다른 사람에게는 매일 나를 들여다보고 스스로 질문하는 시간, 삶의 큰 방향을 설정하고 매일 그 길을 한 걸음씩 걸어가는 시간이 소중할 수 있어요. 저는 후자인 사람이에요. 그래서 빨리 결정하게 됐습니다."

그 일로 인해 나는 정말 내 삶에서 중요한 것이 무엇인지 알게 되었다. 내 행복은 영혼의 목소리를 들으며, 걸어가는 작은 한 걸음 한 걸음에 있었다. 그 한 걸음이 진정한 나의 행복이었다.

지금 돌이켜보면, 나에게 행복이 무엇인지 완벽하게 깨닫게 해준 그 일이 정말 내게는 삶의 축복이었다. 무엇을 우선순위에 두어야 내가 행복해질 수 있는지, 이제는 절대 다시 헷갈릴 수 없을 정도로, 확실히 알게 되었기 때문이다. 소중한 것을 잃었던 고통이 내게는 확실한 깨달음을 주었다.

이렇게 신은 체험을 통해 완벽한 깨달음을 준다. 고통도 축복이 된다. 우리는 단 한 순간도 신의 사랑에서 벗어날 수 없다는 지인의 말이 이렇게 피부에 와 닿는다.

나의 창업은 어디서부터 잘못됐을까?

마이크로소프트에서 일할 때 가장 좋았던 점은, 통유리로 보이는 넓은 뷰였다. 경복궁이 한눈에 보이는 넓고 탁 트인 뷰를 상상해보라. 커다란 모니터를 보며 일하다 잠깐 오른쪽으로 옆을 돌아보면, 창으로 보이는 시원한 뷰에 정말 행복했다. 어제는 노트를 쓰다 그 넓은 뷰처럼 내 삶 전체를 위에서 한번 내려다봐야겠다는 생각이 들었다. 그리고 나 자신에게 물었다. '나의 창업은 어디에서부터 잘못됐을까?'

며칠 전 명상을 하는데, 지금까지의 삶이 어떤 강한 힘에 이끌려왔다는 느낌이 들었다. 나는 언제나 삶이 내게 준 것보다는, 내가 원했지만 얻지 못한 것에 시선이 고정되어 있었다. 내가 원하는 것을 얻지 못할 때 오는 억울함과 좌절로 **삶에서 받은 것보다는 삶으로부터 받아야 할 것이 있다는 느낌이 더 강했다.**

'내 고집 때문에 무리하며 살아왔구나. 힘들게 노력했기 때문에,
그 대가를 삶으로부터 반드시 돌려받아야 한다고 생각하는구나.

완벽하게 '지금 이 순간' '지금 여기'에 머물지 못하는 이유가 거기에 있구나.'

나는 나의 소중한 감정을 기쁨과 풍요가 아니라 결핍과 좌절, 분노에 고정시켰던 것이다. 그리고 내 고집이 결국 삶과 하나 될 수 있는 자유를 빼앗아 갔음을 알게 되었다.

창업하고 나서 얻은 가장 큰 교훈은, 그저 '원하는 것'은 아무 힘이 없다는 것이다. 사랑받고 싶고, 인정받고 싶은 욕구는 아무 힘이 없다. 사랑받기 위해서는 먼저 사랑을 주어야 한다는 것, 사랑을 받아야 한다는 관념을 사랑하는 행동으로 바꿔야 진짜 내 삶에 사랑이 온다는 것, 사랑을 주는 행동이 내 삶에 사랑을 만든다는 것을 알았다. 이것이 가장 큰 깨달음이었다.

언제나 지금 이 순간이 나에게 최고임을 알고, 지금 이 순간을 충만하게 느끼고 사랑하는 것. 이제 이것이 내 삶의 목표이며 이유다. 이제 글을 통해 그 기쁨만을 나누고 싶다.

풍요는 신이 준 당연한 권리이자 축복이다. 나는 태어날 때부터 풍요의 존재로 태어났다. 내가 결핍의 렌즈만 끼지 않는다면, 내 삶의 풍요는 아무리 없어지고 싶어도 없어질 수 없다.

이제 이렇게 마음껏 글을 쓸 수 있는 오늘 하루에 감사할 것이다. 이 글로 무엇을 하겠다기보다 그냥 이 글을 쓸 수 있는 자체에 행복을 느낄 것이다. 목표가 지금 이 순간을 짓누르지 않게 할 것이다. 오늘, 지금 이 순간이 내가 가진 전부다. 이제 내 시선을 거기에 고정할 것이다.

실패한 나도 나다

엄마와 다퉜다. 엄마와는 언제 싸웠는지도 모르게 다시 화해하는 일이 많다. 하지만 오늘은 그 일을 붙잡고 늘어져 본다. 분명이 일이 내 삶에 어떤 메시지를 준다고 믿기 때문이다. **나는 모든일에 신의 뜻이 있다고 믿는다.** 그래서 엄마와 싸운 오늘의 일도 분명 나에게 어떤 배움이 있다고 믿고, 들여다보기로 했다.

사소한 택시비에서 시작한 싸움은 내가 삶에서 가장 감추고싶은 창업 실패의 경험까지 들추었다. 그게 문제였다. 엄마는 언제나 나를 '실패자'로 본다는 것. 실패했지만 귀중한 경험을 했고, 그과정에서 최선을 다했다는 것이 엄마에게는 그리 중요하지 않았다. 그동안 쌓아두었던 울분이 한꺼번에 올라왔고, 울면서 택시를타고 집으로 돌아왔다. 엄마에 대한 분노가 올라왔다. 하지만 이상하게 이 모든 건 엄마의 탓이 아니라, 내 탓이라는 생각이 들었다.

'왜 나는 그렇게 엄마의 인정이 받고 싶은 걸까?

나는 진짜 진지하게 나의 실패를 인정하고 받아들였을까?

나 자신을 인정하지 못해서 엄마에게 인정받고 싶은 것은 아닐까?'

집에 돌아와 유튜브에서 '자존감'을 검색해 보았다. 이 모든 일의 근본 원인이 나의 자존감에 있다는 생각이 들었기 때문이다. 그리고 그렇게 법륜스님의 '자기사랑'에 대한 영상을 보게 되었다. 위기의 순간에 보는 콘텐츠는 언제나 뼈를 때린다. 그 영상을 보면서 아주 정확히, 지금 내가 삶에서 놓치고 있는 것이 무엇인지 알 수 있었다.

나는 언제나 나 스스로를 괴롭혔다. 환상의 나는 언제나 나에게 엄청 높은 기준을 만들어놓고 현실의 나에게 강요하고, 채찍질했다. 그 환상의 나는 언제나 나에게 말했다. '**나는 인정받아야 해. 엄마는 나의 어떤 모습이든 나를 있는 그대로 사랑해야 해.**' 나는 대단한 사람이니까 응당 나의 엄마는 그래야 한다는 것이었다. 현실의 나와 환상의 나는 언제나 그렇게 사이가 좋지 않았다. 그런데 영상을 다 보고 그 생각을 뒤집게 되었다.

'**나는 나의 어떤 모습이든 있는 그대로 나를 사랑해야 해.**'

현실의 나와 화해하고 싶었다. 엄마가 언제나 나를 인정해줄 필요는 없었다. 엄마는 나를 인정해주지 않아도 된다. 그리고 나는 엄마의 말대로 실패했고, 그 실패를 되돌릴 수 없다. 엄마가 반드시 나의 실패까지 보듬고 사랑해줄 필요는 없다. 그리고 가장 중요한 교훈은 내가 실패했다고 나의 존재가 달라지는 것은 아니라는 사실이다.

오늘의 일이 지금의 나에게 주는 메시지는 그거였다. **실패한 나도 나다.** 그냥 나를 있는 그대로 담백하게 사랑하자. 나를 너무 대단한 사람으로 만들지 말자. 있는 그대로 받아들이고, 있는 그대로 사랑하자. **내가 나에게 줄 사랑을 다른 사람에게서 기대하지 말자.** 그게 엄마든 누구든, 그 사람이 나에게 그 사랑을 주어야 할 의무는 없다.

원래 알고 있었지만 잠시 잊고 있었던 삶의 진실을, 오늘의 이 일을 통해 다시 기억하게 되었다. 삶은 언제나 그렇다. 내가 잊고 있었던 진실을 이렇게 친절하게 알려준다. 그래서 감히 예전보다 덜 힘들다고 할 수는 없지만, 힘들 때도 나와 삶에 대한 희망을 놓지 않는 것은 분명하다. 정말 모든 일에는 신의 뜻이 있다. 그 신의 뜻은, **나의 행복. 나의 성장. 그리고 따뜻한 사랑**이다.

돈아, 다시 시작하자

　나는 창업에 실패하고 꽤 오랫동안 나 자신이 돈을 벌 수 있는 능력이 부족하다고 생각했다. 돈을 벌 수 있는 능력이 부족했기에 창업에 실패했고, 내가 좋아하는 일을 하며 살 수 없다고 생각했다. 자책을 참 많이 했다. 스스로 참 오래 괴롭혀 왔다.

　그래서 항상 고민했다. 어떻게 하면 내가 좋아하는 일을 하면서 살 수 있을까? 소중한 이 지구에서의 삶에서, 나의 이 귀한 시간에 내가 정말 가슴 뛰는 일을 하며 살 수 있을까? 이 화두 하나만 생각했다. 돈에 대해 알자. 다시 깨끗하게 돈과 나의 관계를 맺자. 돈과 다시 시작하자. 그것만 하면 된다. 그러고 나서 돈에 대한 인식에 큰 변화가 있었다.

　억울함. 열심히 죽도록 노력해도 안 된다는 실패감. 무력감. 이것이 바로 돈에 대해 내가 갖고 있던 감정들이었다. 창업했지만 실패하고, 회사에서 힘들게 일했지만 모은 돈은 없다는 것이 그동안 돈에 대해 내가 가진 인식이었다. 하지만 돈에 얽힌 감정을 정화하며, 돈과 다시 만나게 되었다.

다시 만난 '돈'은 나를 완전히 다른 사람으로 태어나게 했다. 그동안의 실패와 경험들이 다른 의미로 다가왔다. 내가 얻은 깨달음은, 나는 풍요를 창조할 수 있는 능력이 엄청나다는 사실이었다. 창업에 실패한 사람이 아니라 **엄청난 부자가 될 수 있는 사람**이라는 '**나에 대한 진실**'을 깨닫게 되었다.

그동안 나는 빚을 다 갚았을 뿐 아니라, 셀프케어를 하며 넉넉하게 생활비도 썼다. 하고 싶지 않은 일을 하며 그 돈을 벌었는데, 진짜 잘하고 좋아하는 일을 하면 얼마나 부자가 될까. 아주 쉽게 벌 수 있겠구나. 그게 바로 나에 대한 진실이었다.

돈과 다시 만나며 내가 얻은 깨달음을 정리하면 다음과 같다.

첫째, 돈은 공기처럼 어디에나 있다. 무한하다. 내가 벌 수 있는 돈은 무한하다.

둘째, 내가 움직이면, 얼마든지 돈을 쉽게 벌 수 있다. 내가 수도꼭지를 틀면 물이 콸콸 나오는 것처럼, 내가 틀면 돈은 쉽게 나온다.

셋째, 나의 그 움직임은, 나에게 '가장 쉽고 기쁜 것'이어야 한다. 그것이 바로 나에게는 '글쓰기'이다.

넷째, 글을 쓸 때의 느낌을 잘 기억하고, 그 느낌을 삶에서 계속 유지해야 한다. 삶의 정원을 아름다운 그 느낌으로 잘 채워 나가야 한다. 그럼 나는 반드시 부자가 된다. 그 순간부터 어차피 나는 부자다.

앞으로 내가 창조해 나갈 풍요로운 삶이 나는 기대된다. 진심으로 가슴이 설렌다. '나는 이런 사람이야.' 세상을 향해 마음껏 표현하며 즐겁게 놀면, 돈이 알아서 나에게 뛰어올 것을 알기 때문이다. 이제 나는 삶이라는 무대의 진정한 주인공이다. 더 이상 주변인이 아니다.

실패를 뒤집다

이 실패로 나는 무엇을 배울 수 있을까?

이 실패가 말하는 삶의 진실은 무엇일까?

이 실패가 나를 성공으로 이끄는 열쇠라면, 나는 지금 어떻게 행동해야 할까?

작년 한 해, 엠넷 유튜브 조회수가 가장 높았던 영상은 〈쇼미더머니 9〉의 VVS라고 한다. 래퍼 머쉬베놈과 미란이가 부른 이 곡이 〈쇼미더머니〉를 다시 화제의 중심으로 이끈 곡이라고 하니 어쩐지 더 눈길이 갔다. VVS는 다이아몬드의 상위 등급으로, 'Very Very Slightly', 즉 다이아몬드 내부에 흠이 있으나 확대를 해도 전문가가 발견하기 어려운 정도의 등급이라는 뜻이다. 어떤 노래인가 싶어 호기심이 생겨 들어보니, 역시는 역시. 1위를 할 만한 흡입력이 있는 노래라는 생각이 들었다.

특히 내가 인상 깊었던 것은 가사 중 '원망하던 과거와 춤출래'라는 래퍼 미란이의 가사다. '원망하던 과거와 춤을 춘다.' 어쩐지 철학적인 느낌이 든다. 그리고 자연스럽게 과거의 내가 다시 떠올랐다.

다시 꿈을 위해 달리고 싶은 나에게, 과거는 언제나 발목을 잡았다. '어차피 안 될 거야. 너도 알잖아. 그 사실을 이제 너도 그만 받아들여.' 과거는 언제나 속삭였다. 경험으로 얻은 두려움은 언제나 내 몸에 살아있었고, 그 두려움을 끊어버리고 다시 달리는 것이 쉽지 않았다. 그리고 그때 나는 다시 한번, 가장 소중한 삶의 진실을 기억하게 됐다. 내가 가장 중요하게 생각하는 것, 나 자신에게 가장 많이 했던 말, 가장 중요한 단 하나의 진실을 말이다.

꿈을 이루기 위해 가장 중요한 것은 무엇일까? 중요한 것이 정말 많겠지만, 그중에 단 하나만 꼽으라면, 나는 포기하지 않는 것이라고 말하고 싶다. '될 때까지 하면 돼.' 이 말은 나 자신에게 가장 많이 하는 말이다. 정말 원하는 것이 있다면, 정말 이루고 싶은 것이 있다면, 정말 삶에서 만들고 싶은 그림이 있다면 단 하나만 기억하면 된다. **포기하지 않고, 될 때까지 하는 것. 멈추지 않고 그 간절한 그림이 삶에 나타날 때까지 하는 것이다.**

중요한 것은 이렇게 계속하는 것이 실제 삶에서 쉽지 않다는 것이다. 성공을 만들기 위해 거쳐야 하는 수많은 실패 속에서, 처음의 뜨거운 열정을 유지하기 쉽지 않다. 어떻게 하면 지치지 않을 수 있을까? 어떻게 하면 실패가 주는 좌절 속에서 다시 희망의 빛을 볼 수 있을까?

실패가 주는 좌절과 두려움을 이겨내고, 툭툭 일어서, 다시 뜨겁게 달리는 비결은 실패와 즐겁게 춤추는 것이다. 실패와 싸우지 않고, 실패와 즐겁게 춤추는 순간에 열정은 다시 솟아난다. 실패와 다정한 친구가 되는 것이다. 실패를 원망이 아닌 감사의 눈으로 바라보는 것이 핵심이다.

이 실패로 나는 무엇을 배울 수 있을까?

이 실패가 말하는 삶의 진실은 무엇일까?

이 실패가 나를 성공으로 이끄는 열쇠라면, 나는 지금 어떻게 행동해야 할까?

따뜻한 눈으로 실패를 다시 바라보면, 반드시 그 실패는 나를 성공으로 이끌어준다. 다이아몬드의 빛이 작은 흠을 모두 가려버리는 것처럼, 우리 내면의 빛으로 우리의 실패와 그 실패가 준 상처가 모두 가려지는 것이다.

우리의 작은 실패들을 모두 가리고 남을 만큼 우리 안의 빛은 엄청나다. 이 글을 읽는 당신도 당신 내면의 엄청난 빛을 만나기를 진심으로 바란다.

꿈이 달콤한 이유

"와, 아직도 그 꿈 계속 도전하시는 거예요? 진짜 선경 님처럼 그렇게 하나를 끝까지 하는 사람 처음 봤어요. 정말 신기하네!"

"내 주변에 너처럼 그렇게 만날 때마다 확확 변하는 사람이 없어. 만나서 얘기할 때마다 꼭 딴 사람처럼 완전히 성장하는구먼. 신기하네, 신기해!"

내가 들었던 칭찬과 인정 중에 가장 기억에 남는 내용이다. 하나는 마이크로소프트에서 일할 때 함께 일했던 동료에게, 하나는 고등학교 때부터 친한 친구에게 들은 것이다. 마이크로소프트에서 일하기 4년 전, 다른 회사에서도 함께 일했던 동료였기에 그때부터 내 꿈을 알고 있었고, 회사에 다니면서도 계속 도전하고 있는 나를 보며 신기해했던 기억이 난다.

막상 나는 한 번도 나를 신기하게 생각한 적이 없는데, 이렇게 가끔 주변 사람들이 나를 인정해줄 때마다 '아, 이게 나의 강점이구나!' 알게 된다. 나를 다시 새롭게 바라보게 한다. 정말 감사한 일이다.

꿈을 꾸는 것이 달콤한 이유는, 꿈을 이루기 위해 내가 성장하고 변화하기 때문이다. 처음에는 '꿈을 이루는 것'이 목표였지만, 점점 성장하고 변화하는 나를 지켜보는 것이 좋아진다. 나에 대한 희망, 나에 대한 굳건한 믿음, 어떤 어려움이 오더라도 나는 반드시 이겨내고 다시 일어설 것이라는 믿음, 그 모든 아픔을 자산으로 만들 것이라는 확신이 생긴다.

지금의 내가 아름다운 이유는, 전에 없었던 그 확신이 생겼기 때문이다. 10년 동안 차근차근 하나씩 경험하며 스스로 만들어 온 것이기에 나에게는 이것이 더욱 값지다.

삶이 변화하면서 내가 새롭게 맞이해야 할 역할인 아내, 엄마, 며느리의 역할도 잘 해낼 것이라는 믿음의 바탕에는 10년 동안 만든 자신에 대한 굳건한 믿음이 있다. 새롭게 내가 맞이해야 할 어려움이 무엇이든, 나는 답을 찾아낼 것이다. 힘들더라도 결국 답을 찾아낼 것이다. 지난 10년이 그랬던 것처럼, 나는 성장하고 발전할 것이다. 그리고 그 모든 여정을 즐길 것이다.

인간은 누구나 천재로 태어난다. 내 안의 빛을 스스로 보아주고 잘 가꿔주자. 그 빛이 눈부시게 피어날 수 있도록, 영감과 행동이라는 물로 자라나게 하자. 따뜻한 물에 몸을 담근 그 순간처럼, 몸과 마음을 이완하자. 긴장을 풀자. 삶을 축제처럼 즐겨보자. 가볍게, 신나게!

열정과 풍요를 즐기자. 마치 처음부터 내 것이었던 것처럼, 당연한 그 권리를 마음껏 누리자. 나에 대한 인식을 바꾸는 순간, 모든 게 바뀐다. 세상을 바꾸는 것이 아니라 나를 바꾸는 것이다. 정확히는 **내가 나를 바라보는 관점**을 바꾸는 것이다. 힘들이지 말고 자연스럽게! **내가 진짜 나를 아는 순간, 모든 것은 물 흐르듯 자연스럽다.**

생각은 존재하지 않는다

'벌써 시간이 이렇게 됐어? 누가 시곗바늘을 손으로 막 돌리는 것 같네! 시간이 이렇게 지났는데 배도 하나도 안 고프고! 정말 신기해!'

8년 전, 나는 창업을 하고 첫 세미나를 열었다. 강남역에 있는 내가 제일 좋아하는 카페인 '에이블스퀘어'에서 세미나 준비를 했다. 달콤한 바닐라 라테 한 잔을 시켜 놓고, 내가 하고 싶은 콘텐츠를 마음껏 만들었다. 지인들을 12명 초대해 내가 좋아하는 커다란 스터디룸에서, 내가 정말 전하고 싶은 콘텐츠로 자유롭게 세미나 시간을 가졌다.

지금 다시 그때를 떠올리면 콘텐츠 내용보다 콘텐츠를 만들 때의 느낌이 아직도 생생하다. 완전한 몰입, 행복, 구름을 타고 하늘 위를 둥둥 떠다니는 기분 좋은 느낌이었다.

식사할 때가 조금이라도 늦어지면 한없이 예민해지는 나이지만, 이상하게 그때는 시간을 완전히 잊을 만큼 시간이 빠르게 흘러갔다. 평소 내가 사는 세상과는 다른 세상에 가 있는 느낌이었다. 한 끼 정도는 가뿐히 거를 만큼 나는 완전히 몰입해 있었다.

그토록 꿈꿔왔던 일이었기에 간절했고, 내 마음대로 할 수 있었기에 자유로웠다. 내 눈과 입을 바라볼 참석자들의 반짝이는 눈빛이 느껴져 신이 났다. 따뜻한 사랑도 느껴졌다. 다른 일을 할 때는 한 번도 느껴보지 못했던 깊은 사랑. 숭고한 사랑 같은 것이 느껴졌다. 내 안에 이런 내가 있었나 싶을 정도로 그때의 나는 완전히 다른 사람이었다.

세미나를 진행하거나 코칭을 할 때, 나는 마치 명상을 하는 것 같은 느낌을 받는다. **한없이 고요하고, 한없이 따뜻한 느낌이다.** 마치 세상에 나와 참석자만 존재하는 느낌, 참석자와 내가 한 존재인 듯한 느낌, 그렇게 하나 된 느낌이다.

한 단어로 정확히 표현하기 어렵지만, 평소 조용히 앉아 명상할 때와 그 느낌이 같다. **내 안에 존재했던 모든 생각과 감정이 씻겨 나가고, 진짜 나만 남은 느낌이다.** 완벽하게 몰입할 때의 그 느낌. 나는 그 느낌이 정말 좋다.

'다른 사람이 나를 어떻게 볼까?' '나를 괜찮다고 생각할까?' '잘하고 싶어. 완벽해지고 싶어' '인정받고 싶어. 사랑받고 싶어' 같은 생각이 들지 않는다. 그래서 자유롭다. 나를 괴롭히는 생각, 나를 작게 만드는 생각, 나를 개인적인 자아로 만드는 생각들이 없기에 한없이 자유롭다.

사랑, 열정, 기쁨, 오직 기분 좋은 느낌만 충만하다. 오래도록 찾았던 진짜 나 자신이 된 느낌. 마치 헤매고 헤매다 마침내 집으로 돌아온 느낌이다. 온 세상을 사랑으로 품을 수 있을 것 같은 위대한 느낌이다. 세상의 주변인이 아니라 진짜 세상의 주인공이 된 듯한 느낌이 든다. 그래서 나와 함께 하는 이 사람들도 주인공으로 만들어 줄 수 있을 것 같다. 매우 벅차다.

그리고 그것은 지금 이 순간과 완전히 하나 된 느낌, 삶의 모든 부정적 감정이 사라진, 다시 태어난 느낌이다. **일이, 창업이 나를 치유했고, 사랑으로 다시 태어나게 했다.** 그리고 그때의 느낌은 아직도 내 가슴에 생생히 살아있다.

내가 나에게 하는 말

'역시 난 안 되는구나. 아무리 노력해도 안 되는 건 안 되는 거구나. 역시 난 안 돼.'

'아이쿠, 내가 또 이러고 있구나. 괜찮아. 그럴 수도 있지! 지금이라도 알아차렸으니 그것도 대단한 거야. 다음에는 좀 더 일찍 알아차리자! 넌 할 수 있어!'

우리는 누구나 넘어졌다 다시 일어선다. 그것이 성장이다. 아기가 걷기 위해 수백 번 넘어졌다 다시 일어나는 것처럼, 우리도 그렇다. 중요한 것은, 그 과정에서 '내가 나 자신에게 어떤 말을 해주는가'이다.

'역시 난 안돼.' 나는 오랫동안 이 말을 나 자신에게 반복하며 살았다. 일어서지 못하게 스스로 싹을 자른 셈이다. 지금 생각하면 나 자신에게 정말 미안하다. 그 얘기를 들은 나는 얼마나 가슴이 아팠을까? 하지만 전처럼 돈에 흔들리는 나, 사람과의 관계에서 흔들리는 나, 과거에 발목이 붙잡혀 용기를 내지 못하는 나를 봤을 때, 이제는 나 자신에게 힘을 주려 한다.

'괜찮아. 당연히 그럴 수 있어. 또 생각에 붙잡혔구나. 어떤 생각에 붙잡혀 있는지, 한번 찬찬히 들여다볼까? 너도 알잖아. 위기가 아니라, 멋진 기회라는 거. 지금 이게 너를 주저앉히려는 게아니라 너를 더 성장시키기 위한 디딤돌이라는 걸. 넌 충분히 이상황을 멋진 기회로 만들 자격이 있어. 넌 충분해!'

위기의 상황에서는 나 자신에게 어떤 말을 해주느냐가 매우 중요하다. 위기를 기회로 만드는 힘은 내가 나에게 주는 것이다. 내가나를 격려하고, 내가 나에게 희망을 주어야 한다. **나는 충분한 자격이 있다는 것을, 나는 충분하다는 것을 끊임없이 나에게 말해야 한다. 충분히 말해주면, 그때부터 믿기 시작한다. 그리고 그 믿음은 결국 내현실이 된다.**

모든 것이 한 번에 이루어지진 않는다. 수많은 물방울이 모여큰 바다를 이루듯, 꾸준한 노력과 열정이 삶의 변화를 만들어낸다. 조급해하지 말고 천천히, 대신 멈추지 않고 노력해야 한다. **시간을 투자해야 한다. 한 번에 되지 않는다고 포기하지 말아야 한다.** 어느 누구도 한 번에 성공하지 못한다. 꾸준히 노력하는 나를 격려하고 칭찬하는 것도 좋은 방법이다.

'잘하고 있어!' 오늘, 바로 지금 나 자신에게 강력한 칭찬 한마디를 건네 보자. 정말 큰 힘이 될 것이다.

있는 그대로 완벽하다

'와, 사람이 이렇게 쉽게 변할 수도 있는 거구나! 사람이 변하지 않는다는 말은 다 사실이 아니었어!'

지난 10년의 나를 돌아보면, 나 스스로 생각해도 정말 신기할 만큼 많이 변했다. 나쁜 의미로 변한 것이 아니라 좋은 의미로 '변화했다.' 어쩌면 '성장'이라는 단어가 더 잘 어울릴지도 모르겠다.

1인 기업 창업이라는, 전에는 한 번도 생각해보지 않았던 낯선 길에 들어서서 새로운 모험을 했다. 그리고 그 모험으로 인해 정말 많은 것이 바뀌었다. 사람이 체질이 싹 바뀌었다고 할까. 정말 마음의 모든 성분이 싹 다 바뀐 느낌이다.

꿈을 찾아 찬란한 모험을 하고 집으로 다시 돌아온 나. 지금 내가 그 모험에서 얻은 가장 큰 보물은 무엇일까?

바로 감사하는 마음이다. 지금 생각해도 창업하고 나서 가장 잘한 것이 있다면, 꾸준히 10년간 감사일기를 쓴 것이다. 여러 방식으로 꾸준히 감사일기를 쓴 덕분에, 감사는 이제 나에게 하나의 습관이 되었다. 사람의 의식을 가장 강력하게 끌어올리는 힘이 무엇이냐고 누가 나에게 묻는다면, 나는 주저 없이 '감사의 힘'이라고 답할 것이다. 그만큼 감사의 힘은 강력하다.

꾸준히 쓴 감사일기와 감사의 습관은 지금도 나에게 가장 큰 무기다. 삶에서 어떤 일이 생겨도 다시 일어서는 힘, 그 어떤 파도를 만나도 훌훌 털고 다시 일어서는 힘의 바탕에는 모두 감사가 있다. 그리고 그 감사의 힘이 차곡차곡 쌓여 만들어진 것이 '포용하는 마음'이다.

하루하루 조금씩 감사하다 보면 어느 순간 그 힘이 쌓여, 예전에는 절대 감사할 수 없었던 일도 받아들이고 감사할 수 있게 된다. 견고했던 벽이 한 번에 무너지는 것과 같다. 내 안에 쌓여 있던 불만과 원한, 수치심이 모두 감사하게 느껴지는 것이다. 그때 직감적으로 알게 된다.

'나의 지금 이 삶이, 이 모습 그대로 얼마나 완벽한지.
그리고 지금의 내가 얼마나 완벽하고 사랑스러운지.'

그렇게 애써 바꾸려고 했던 모든 것이 사실은 있는 그대로 완벽하다는 진실을 깨닫는다. 그 눈을 갖는 순간 나는 다시 태어난다. 내 삶은 바뀐다. 모든 것이 자연스러워지고 쉬워진다. 삶은 있는 그대로 축복이고 은총이다. 내가 애써 노력하지 않아도, 삶은 언제나 최고의 순간을 나에게 준다. 나는 완벽하게 빛나고 자유롭다. 나의 모든 상처와 고통을 감사할 수 있는 용기는 매일 매일 감사하고 그것을 기록하는 루틴 덕분에 완성되었다.

나는 내 삶의 시간을 감사에 투자했다. 수익률은 무한대이다. 내 예상을 완전히 뛰어넘었다. 그리고 나는 아직도 실험한다. 지금까지처럼 이렇게 매일 감사일기를 쓰면, 5년, 10년 뒤 내 삶은 어떤 모습일까? 내 삶은 또 어떻게 확장되고 변화할까? 얼마나 성장할까?

내 삶은 끝없이 성장할 것이다. 장애물이라 느껴지는 그 어떤 벽도 모두 무너질 것이다. 나는 감사의 힘을 믿는다.

꿈의 목적

나는 사람의 눈빛과 표정을 관찰하는 것을 좋아한다. 푸른 꿈이 무성했던 20대의 어느 날 아침, 지하철을 탔다. 출근길과 겹쳐 수많은 사람으로 빽빽했던 그날 아침 지하철에서 보았던 사람들의 표정을 나는 잊지 못한다. 지친 눈빛과 표정이었다. 물 없는 사막처럼 그날 그곳에는 생기가 없었다.

아침 출근길 지하철 안에서 수많은 지친 사람들을 보면서 나는 두려웠다. 나의 하루도 곧 그렇게 시작되지 않을까? 매일매일 설렘과 기쁨으로 시작하고 싶었다. 하지만 사회는 마치 이렇게 말하는 것 같았다. '돈을 벌려면 어쩔 수 없어. 돈을 벌려면 당연히 그래야 해. 피곤하고, 표정은 점점 없어지고, 짜증도 점점 늘어나지만 어쩔 수 없어. 그게 세상 이치야.' 세상이 마치 나에게 그렇게 말하는 듯했다.

하지만 과연 그게 신이 나를 세상에 태어나게 한 이유일까 궁금했다. 우리는 인생 대부분의 시간을 일을 하며 보낸다. 열정 없이, 단지 돈을 벌어야 해서, 어쩔 수 없이 나의 가슴 뛰는 삶을 포기하며 그 시간을 보내는 게 과연 맞는 걸까? 정말 그게 신의 뜻일까? 신은 우리를 사랑한다고 했는데, 그게 정말 신의 사랑일까? 뭔가 잘못된 게 아닐까? 삶은 진짜 그런 게 아닌데.

사랑하는 일, 가슴 뛰는 일을 하면서 돈을 버는 것이 어려운 이유는, 그것이 삶의 진실이기 때문이 아니라, 그것이 삶의 진실이라고 나 자신이 믿기 때문이다. 다른 사람들의 삶을 바라보며 그것이 진실인 양 내가 받아들였기 때문이다. 내가 받아들이지 않으면, 나의 새로운 진실을 창조하면, 그것이 내 삶이 된다.

다른 사람들을 돌아보기보다 나 자신을 들여다보는 것이 훨씬 중요하다. 삶의 진실은 밖에 있는 것이 아니라 내 안에 있기 때문이다. 나의 가슴, 나의 영혼, 나의 고요한 공간 안에 모든 답이 있다. 세상이 가르쳐준 답이 아니라 내 안의 진실을 찾는 것이야말로 삶이라는 신의 축복을 충만히 즐기는 방법이다.

꿈의 목적은, 목적지에 도착했을 때의 한순간이 아니다. 꿈으로 향해 가는 과정에서 넘어지고, 다시 힘을 내서 일어서는 그 한순간 한순간의 기쁨을 만끽하는 것에 있다. 앞이 보이지 않는 희미한 안개 속에서, 때로는 칠흑 같은 어둠 속에서, 영혼의 답을 찾는 그 환희에 있다. 그것이 꿈을 가진 항해자의 진정한 기쁨임을 10년의 경험을 통해 나는 알았다.

좌절은 꿈을 이루기 위해 존재한다. 내가 꿈을 선택한 순간, 그것은 더 이상 꿈이 아니라 현실로 존재한다. 꿈이 이루어졌을 때의 결과나 보상이 아니라, **지치지 않는 뜨거운 사랑이야말로 꿈이**

현실이 되는 진정한 연료임을 나는 안다.

사랑이라는 연료를 손에 꼭 붙잡고, 눈에는 생기를 가득 머금고, 신나게 이 꿈의 항해를 계속하고 싶다. 10년이 아니라, 20년, 30년 이상 삶이 다 하는 순간까지 설렘과 기쁨, 열정을 만끽하다 떠나고 싶다. 나는 진심으로 그런 삶을 살고 싶다.

5장
감사가
다 해준다

꿈을 지속하는 힘

'양파'라는 재료로 만들 수 있는 음식이 아주 많은 것처럼, '감사'를 주제로 쓸 수 있는 일기의 종류도 정말 많다. 흔히 감사일기 하면, 오늘 하루 내 삶에서 일어난 일, 혹은 다른 사람이 나에게 해준 일에 초점을 맞춰 쓰는 경우가 많다. 하지만 나는 오히려 나 자신에게 초점을 맞춘다. 오늘 하루 나 자신에게 고마운 일이 무엇인지 묻고 기록하는 것이다.

사소한 일일수록 좋다. 출근 시간에 맞춰 아침에 일찍 일어난 것. 동료에게 건넨 밝은 인사. 다운됐을 때 잠깐 산책하며 기분 좋은 음악을 들은 것 등등 정답이 없다. 무엇이든 내가 나를 인정해 줄 만한 것이면 모두 정답이 된다.

내가 나에 대한 고마움을 주제로 노트를 쓰기 시작한 이유는 간단하다. 나 자신을 사랑하기 위해서, 나 자신을 더 마음에 들어 하고 싶었기 때문이다.

10대와 20대, 그리고 30대로 넘어가면서 언젠가부터 나는 나 자신이 마음에 들지 않았다. 내가 가진 것보다 갖지 못한 것, 가져야 하는데 갖지 못하거나 해야 하는데 하지 못한 것에 초점이 맞춰져 있었다. 그래서 목표에 이르지 못한 나를 채찍질하고, 스스로 상처를 주고, 아프게 하는 데만 익숙했다.

하지만 어느 순간, 진정한 열정은 절대 나 자신을 채찍질하는 것으로 생기지 않는다는 사실을 알게 되었다. **열정은 한 번의 불꽃이 아니라 지속하는 힘이고, 그 힘은 나를 진정으로 사랑하는 마음에서 시작된다는 것을 알게 된 것이다.** 부족한 나를 채우기 위해 꿈에 기대는 마음은 한두 번의 불꽃을 만들어낼 수 있지만, 쉽게 나를 지치게 하고, 쓰러지게 한다. 더 오랫동안 꿈을 지속하는 단단한 힘은 나에 대한 사랑, 일에 대한 사랑, 행동에 대한 사랑에서 나온다는 사실을 알게 되었다.

열정은 될 때까지 하는 힘이다. 그리고 그 힘에는 연료가 필요하다. **써도 써도 끝이 없는 최고의 연료는 사랑이다.** 사랑은 추상적인 그 무엇이 아니라 구체적인 행동을 통해 구현된다. 내가 나를 칭찬하는 것, 진심으로 인정해주는 말 한마디, 내가 나를 따뜻하게 다독여주는 것, 나를 사랑으로 보는 반짝이는 눈, 그리고 세심하고 정성스러운 기록들이 바로 나에 대한 사랑이다.

그 기록들이 쌓이면 사랑도 커진다. '앞으로 나를 사랑해야지'라는 한 번의 다짐으로 엄청난 사랑이 한꺼번에 생기는 것이 아니다. 매일매일의 습관과 행동으로 조금씩 나에 대한 사랑이 성장해가는 것이다.

아직 다다르지 못한 나를 원망하지 말고, 오늘도 꿈을 향해 움직여 준 나 자신에게 '엄지척'을 들어 올리자. 나에게 '하트'를 날리자. '엄지척'과 '하트'가 필요한 사람은, 다른 사람이 아니라 바로 나 자신이다. 나의 관심과 사랑이 가장 필요한 사람은 나다. 내가 나에게 주는 무한한 그 연료로 나는 신나게 나의 꿈을 즐길 수 있다.

⭐ 다시 여기 바닷가

　지금까지 내가 살면서 가장 여유롭고 마음이 평안했던 시기는 이직할 때였다. 다음에 갈 회사가 정해지고, 입사일까지 남은 일주일 동안 나는 가장 여유로웠다. 이직의 압박이 사라지고, 그 누구의 눈치도 보지 않고, 내 시간을 마음껏 쓸 수 있는 여유가 생겼기 때문이다. 가장 여유로웠던 그때, 나는 제주도로 홀로 떠났다.

　2018년 7월, 뜨거웠던 여름. 나는 제주도에 있었다. 제주도에서 일하는 친구 덕분에 숙소를 공짜로 제공받아 제주도 여행을 갔다.

　그토록 원했던 이 선물 같은 시간에 무엇을 할까? 친구에게 바닷가가 보이는 분위기 좋은 브런치 카페를 물어보았다. 그리고 택시를 타고 곧장 그곳으로 향했다. 산뜻한 브런치로 허기를 채우고, 푸르고 넓은 바다와 아름답게 출렁이는 파도를 보며 마음의 여유를 만끽했다. 그리고 가장 하고 싶었던 그 일, 그토록 고생한 나에게 꼭 주고 싶었던 그 선물 같은 시간을 주었다. 휴대폰을 꺼내 들고 파일을 열어, 그동안 쓴 감사일기들을 모두 읽어보았다.

감사함을 충분히 느끼며, 푸른 제주도 바다 앞에서 나는 그동안 쌓아두었던 내 삶의 기록을 찬찬히 들여다보았다. 감사의 파도가 기분 좋게, 그리고 따뜻하게 마음 속에서 일렁였다.

'내 삶에 이런 눈부신 날들이 많았구나.

그동안 나 참 열심히 잘 살았구나.

나에게 이런 좋은 일들이 많았구나.

참 감사할 게 많구나.'

매일 습관처럼 쌓아둔 기록들이 한꺼번에 파도처럼 밀려와 나에게 선물하는 그 기분 좋은 느낌을 지금도 잊을 수 없다. 감사를 느끼며 기록한 그 순간들도 좋았지만, 내 삶을 다시 돌아보며, 그동안 쌓였던 모든 부정적 감정들을 한꺼번에 제대로 씻어주는 나만의 힐링 시간은 정말 그 자체로 감동이었다. 그 기록들, 나만의 이야기는 내가 좋아하는 그 어떤 책보다 나에게 깊은 울림을 준다.

이제는 힘들 때, 다시 나를 찾고 싶을 때면 감사일기를 다시 읽어본다. 내 삶의 따뜻했던 순간들을 다시 들여다보고 느껴본다. 가능하면 여행을 떠나 자연과 함께 있을 때 한다. 클라우드에 저장해 둔 덕분에 언제 어디서든 휴대폰만 있으면, 내 소중한 기록들을 다시 들여다볼 수 있다.

감사는 나를 씻어준다. 나를 묶어 두고 움츠러들게 하는 모든 감정으로부터 나를 풀어준다. 다시 평온을 찾게 해준다. 내가 누구인지, 내가 무엇을 할 수 있는지 다시 투명하게 보여준다. 내 진짜 존재를 거울처럼 그대로 보여준다. 그래서 나는 감사하는 시간이, 감사했던 그 순간들을 다시 돌아보는 그 시간이 참 좋다. 그때의 느낌들이 내 삶에서 참 소중하다.

다시 그 바닷가에 찾아가 다시 나를 따뜻하게 안아주는 시간을 갖고 싶다. 지난 시간을 다시 돌아보고, 다시 나에게 뜨거운 열정을 불어넣고 싶다. 나는 지금도 나의 이야기를, 나만의 소중한 삶의 이야기를 써나가고 있음을 다시 기억해야겠다. 활짝 핀 꽃처럼 존재만으로 소중한 나 자신을 다시 뜨겁게 안아주어야겠다. 나만의 따뜻한 기억이 살아 숨 쉬는 그 제주도 바닷가에서.

모든 라이프 코칭의 핵심은 '감사'다. '감사'로 풀리지 않는 문제는 없다. 나의 과거도, 다른 사람과의 관계도, 나의 오늘 하루도 '감사'라는 열쇠로 모두 풀린다. 중요한 것은 이론이 아니라 행동이고 경험이다. 나의 사례가 중요하다. 직접 경험하고 나의 사례를 만들면 믿기는 쉬워진다. 그때부터 행동은 저절로 된다. 나의 작은 사례. 그 작은 경험을 시작으로, 내 삶은 감사라는 핑크빛으로 물들 것이다.

감사라는 달콤함으로 물든 삶. 그 안에서 나는 훨씬 밝고, 아름답고, 자유롭다. 탁 트인 바다를 바라볼 때의 시원한 공기처럼, 나는 그 안에서 온전히 나의 삶을 바라보고, 삶의 아름다움을 만끽할 것이다. 삶의 아름다움은 바로 거기에 있다.

지금 내가 딱 좋아!

'난 왜 이렇게 예민할까? 왜 이렇게 하루에도 몇 번씩 기분이 왔다 갔다 할까? 책에 나오는 사람들처럼, 좀 강한 멘탈을 가질 수는 없을까? 누가 뭐라든, 무슨 일이 일어나든 좀 초연해질 수 없을까? 단단한 바위 같은 정신력을 가질 수는 없는 걸까?'

20대의 나는 강한 멘탈을 원했다. 내가 '꿈꾸는 나'와 다른 '현실의 나'를 보며, 자책도 하고 나 자신을 많이 원망했다. '왜 나는 이것밖에 안 되지?' 내가 나를 바라보는 눈은, 따뜻한 해보다 얼음 같은 차가움에 가까웠다. 그렇게 나는 소중한 20대를 낭비했다.

지금 돌아보면, '완벽한 나'는 환상일 뿐이었다. '어떤 일에도 꿈쩍하지 않는 단단한 강철 멘탈을 가진 나'는 완벽한 환상이었다. 그 환상보다 중요한 것은 지금의 나, 현실의 나였다. 매일 흔들리고 쓰러지는 나, 완벽하지 않은 나였다. **내 머릿속 환상보다 소중한 것은 지금의 나였다.**

그렇게 나는 나를 바라보는 눈을 따뜻하게 바꾸기 시작했다.

그러자 환상에 가려 보이지 않던 진짜 내가 보이기 시작했다. 매일 흔들리지만 그만큼 매일 성장하는 나. 매일 쓰러지지만 다시 일어서는 나. **완벽하지 않지만 조금씩 점점 완벽에 가까워지는 나.**

다운되는 순간들에 대한 관점도 조금씩 변화하기 시작했다. 예전에는 나의 약함이 드러나는 삶의 순간들이 싫었고 최대한 피하고 싶었다. 삶에서 그런 순간들이 없기를 바랐다. 하지만 그 순간들이 있기에 내가 성장하고 변화함을 깨닫자, 그 순간들에게도 조금씩 감사하는 마음이 들기 시작했다. 다시 힘든 순간이 찾아와도 그 안에서 나에 대한 희망을 보기 시작했다. '다시 조금 또 성장하겠구나' 하는 희망은 다시 일어서는 힘을 주었고, 그 힘 덕분에 일어서는 속도가 조금씩 빨라졌다.

일어서는 순간이 점점 더 빨라지면서 나 자신이 자랑스러워졌다. 힘든 순간들이 없다면 내가 성장하고 내가 나를 창조하는 일도 끝나리라 생각하니, 그 순간들이 더 이상 밉지 않았다. 성장하며 나 자신을 창조하는 것은 삶의 그 무엇보다 큰 기쁨이기 때문이다. 힘든 순간들이 삶의 가장 큰 기쁨을 만들어준다는 것은 지금 생각해도 정말 재미있는 아이러니다.

아직도 나는 여전히 가끔 힘들 때가 있다. 화도 나고, 나 자신에게 실망도 하고, 다운되기도 하고, 상처도 받는다. 여전히 삶은 나의 여러 모습을 비출 수 있는 다양한 사건과 감정들을 가져다준다. 하지만 나는 예전처럼 나에게 완벽을 강요하지 않는다. **그저 삶을 믿고, 그 감정들에 나를 맡기고, 다시 일어설 수 있도록 나를 조**

용히 믿어준다.

그래서 감정을 밀어내기보다는 감정을 따뜻하게 안아주려 노력한다. 삶의 순간들을 피하기보다는 그 순간들을 사랑하려고 노력한다. 나를 책망하기보다는 나를 신뢰하려고 노력한다.

'나는 삶을 믿어. 그리고 나 자신을 믿어. 나는 분명 다시 일어설 거야. 이 일은 분명 나에게 좋은 일이야. 내가 알아야 할 것이 무엇인지 알려주는 신호야. 나에게 성장의 기회를 주는 축복이야.'

환상의 내가 아니라 지금의 나를 사랑하는 일. 완벽한 내가 아니라 완벽하지 않은 나를 사랑하는 일. 그렇게 나는 내 삶의 성장 포트폴리오를 완성해 나간다.

튼튼한 멘탈 찾아요?

"또 돈이야, 돈!"

사람마다 약한 부분이 있다. 그게 나에게는 돈이다. 실제 내가 누리고 자란 것보다 훨씬 더 나는 돈에 상처가 많다. 돈에 대해서만큼은 가시 돋친 고슴도치. 유독 예민하다. 그리고 자신이 없다. 다른 사람과 비교도 많이 한다. 그만큼 열등감도 크다. 창업에 한 번 실패하면서, '역시, 나는 안돼'라는 돈에 대한 상처도 커졌다.

상처투성이인 이 돈에 대한 내 마음을 어떻게 어루만져 줄 수 있을까? 어떻게 돈으로부터 자유로워질 수 있을까? 어떻게 그 녀석과 다정하게 손잡고 갈 수 있을까? 이것이 내 인생의 화두였다. 인생의 처음처럼, 그리고 마지막처럼 간절했다. 지금이 아니면 절대 돈의 손아귀에서 벗어나지 못할 것 같았다. 지금 돌아보면, 그 간절함이야말로 내 인생의 가장 큰 축복이었다.

사실은 내가 돈에게 상처받은 것이 아니라 돈이 나에게 상처받은 것이었다. 그동안 나는 돈이 나에게 준 풍요를 무시하고 존중하지 않았다. 내 안에 있는 나의 감정에만 갇혀 그동안 내가 누려온 풍요를 보지 않았다. 돈이 준 것은 보지 않고, 왜 더 주지 않느냐며 화만 냈다. 돈이 사람이라면, 기가 막힐 노릇이었다. 돈은 처음부터 문제가 아니었다. 내가 문제였다. 그렇게 나는 돈을 통해 나를 보게 되었다.

그리고 그때부터 철저히 돈에 감사하기 시작했다. 오랜 시간 돈을 미워하고 원망한 만큼, 더 열정적으로 사랑하고 싶었다. 어떻게든 돈에게 빚을 갚고 싶었다. 그래서 나만의 프로젝트를 시작했다. 태어나 지금까지 '돈'을 통해 받은 '축복'을 찾아 하루에 7개씩, 100일 동안 블로그에 올려 나누는 프로젝트였다. 어떻게든 빠르게 빚을 갚고 돈에 대해 다시 태어날 수 있는 방법을 찾다 보니 생각난 프로젝트였다.

작년 가을, 발리에서 시작한 축복 일기 프로젝트는, 100일을 넘어 계속되었고, 하루에 10개씩 찾기 시작해 결과적으로 총 1500개가 넘는 축복을 찾았다. **돈이 주는 축복을 찾는 것은 이제 습관을 넘어 나의 삶이 되었다.** 쇼핑할 때는 물론이고, 특히 청소하거나 물건을 정리할 때 나는 집 안의 물건들과 대화를 하며 마음 깊이 감사를 느낀다. 나에게는 이것이 일종의 움직이는 명상이다. 마음이 고요해지고, 따뜻해지는 이 순간을 나는 진심으로 사랑한다.

물론 아직도 내가 완벽하게 돈에 대해 다시 태어났다고 말할 수는 없다. 여전히 나는 돈과 화해 중이고, 여전히 돈에게 달콤한 하트를 보내는 중이다. 하지만 분명한 것은 예전의 나와는 다르다는 점이다.

내 안의 고슴도치 가시가 반응할 때, 이제는 돈이나 나 자신, 내 삶에 대해 억울해하거나 원망하거나 화를 내지 않는다. '또 그러는구나! 올 줄 알았어!'라면서 여유롭게 바라본다. 그리고 그동안 힘들었던 나에게 손을 내밀고 따뜻하게 안아준다. 그렇게 켜켜이 묵혀둔 돈에 대한 감정들을 사랑스럽게 봐주면 결국에는 알게 된다. **지금의 상황이 그리 심각하지 않다는 것을. 그저 지나가는 삶의 한 장면에 불과하다는 것을.** 이렇게 감정이 먼저 나를 놓아주는 경험을 나는 자주 했다.

그렇게 쌓인 경험으로, 돈에 대한 그 고통도 진심으로 사랑한다고 이제는 자신 있게 말할 수 있다. 나는 그 고통을 사랑한다.

이렇게 쉬운 거였어?

"부장님, 전 스타벅스요!"

"그래, 이 대리가 스타벅스 제일 좋아하지? 거기로 가자"

내가 일했던 마이크로소프트 근처에는 스타벅스가 있다. 가끔 우리 팀은, 회사가 아니라 외부에서 팀 미팅을 자유롭게 진행했다. 딱딱한 형식에서 탈피하여 조금 더 자유롭게 대화를 나누고자 하는 매니저님의 의도였다. 맛있는 라테와 블루베리 치즈 케이크, 스타벅스 특유의 기분 좋은 음악과 함께 하는 미팅은 그야말로 꿀이었다.

나는 스타벅스 커피를 참 좋아한다. 특히 추운 겨울날, 따뜻한 헤이즐넛 라테 거품이 처음 입에 닿는 그 포근한 순간을 참 좋아한다. 온몸을 녹여주는 따뜻한 커피 향만큼 세상에 달콤한 게 없다. 내게는 세상에서 가장 감사한 순간이 스타벅스 커피를 마실 때다. 이렇게 크게 감사하는 이유는, 스타벅스 커피를 좋아하는 것도 있지만, 또 다른 중요한 이유가 있다. 바로 창업에 실패한 나의 과거 때문이다.

창업에 실패하고 취업을 준비할 무렵, 내 통장에는 스타벅스 커피 한 잔 마실 잔액도 남아있지 않았다. 커피 한 잔이 얼마나 귀하고 감사한 것이었는지 뼈저리게 깨달았던 때가 바로 그때였다. 그때는 스타벅스 카드에 충전을 넉넉히 해서, 정말 아무 생각 없이 먹고 싶은 커피를 마음껏 고르는 것이 간절한 꿈이었다.

그 간절했던 바람 때문인지, 나는 지금도 스타벅스에 가서 커피를 고를 때면 항상 감사한 마음이 든다. 마치 자동 감사 시스템 같다. 그때 그렇게 간절히 원했던 커피 한 잔을 지금 이렇게 쉽게 마실 수 있다는 것이 기적처럼 느껴진다. 지금 이 순간, 이렇게 마음껏 커피를 마실 수 있다는 것 자체에 신의 따뜻한 사랑을 느낀다.

돈에 대해 생각할 때, 기준점을 다른 사람 혹은 미래의 목표가 아니라 나의 과거에 두면, 나의 풍요는 극대화된다. 5000만 원의 빚이 있었던 당시와 지금의 나를 비교하면, **나는 지금 재벌이다.** 그래서 나는 가끔 나의 과거로 다시 돌아간다. **지금의 풍요를 느끼기 위해서. 지금의 풍요를 귀하게 여기고, 더욱 소중히 느끼기 위해서. 지금의 풍요를 더 깊게 느끼고, 나에게 다가올 풍요를 놓치지 않기 위해서.**

나는 실패가 내 삶의 가장 큰 축복임을 안다. 언제든 과거로 돌아가면, 지금의 나는 풍요를 충만하게 느낄 수 있기 때문이다. 과거를 어떻게 지금의 내가 활용할 것인가는 온전히 나의 선택에 달렸다. 그리고 나는 과거를 풍요를 끌어당기기 위한 지렛대로 삼기로 했다.

힘들었던 그때의 기억이 이렇게 예쁜 선물로 다가오는 이런 순간이 나는 참 행복하다. 삶에서 느끼는 모든 순간이 소중하게 느껴지는 것도 이 때문이다. 내가 힘들게 느끼는 지금 이 순간은 언젠가 미래의 나에게 축복이 될 수 있는 순간이다. 그래서 비록 지금은 힘들어도 그 감정도 그 경험도 모두 소중하게 느낄 수 있다. 삶의 모든 경험을 이처럼 아껴줄 수 있어 참 감사하다.

⭐ 여기 진짜 신세계야!

　내가 다녔던 마이크로소프트는 사무실이 참 좋다. 특히 뷰가 엄청 좋은데, 경복궁이 한눈에 보이는 탁 트인 창 덕분에 일도 더욱 즐겁게 했던 기억이 난다. 강남으로만 회사를 다녔던 나에게, 광화문에 있는 마이크로소프트는 신세계였다. 삼청동, 인사동 등 주변에 핫플레이스가 많아 점심시간에 회사에서 조금만 벗어나면, 마치 나들이 온 듯한 기분을 느낄 수 있었다. 회사원으로 북적북적한 그런 점심이 아니라, 한가하고 여유롭고 기분 좋은 점심이 회사에 다니는 동안 가능했다.

　입사 첫날, 매니저님은 사무실 곳곳을 안내하며 소개해주었는데, 그때 가장 내 눈길을 끈 것은 바로 '자판기'였다. 넓은 카페테리아 한쪽에 있는 자판기를 들여다보니 여러 음료가 가득했는데, 신기하게 동전을 넣지 않아도 누르기만 하면 자동으로 선택한 캔 음료가 나왔다. '누르기만 하면 나오는 자판기'라니 정말 신기했다. 그 후로 그곳을 지날 때마다 생각해 봤다. '내 인생도 저런 자판기 같으면 얼마나 좋을까? 누르기만 하면, 선택만 하면, 자동

으로 다 되는 그런 삶이야말로 참 멋질 텐데!'

물론 진짜 삶에서는 선택한 것이 이루어지는 데 시간이 걸린다. 그리고 이 시간을 믿음으로 기다리는 것이 필요하다. 하지만 내가 선택한 것은 반드시 이루어질 수밖에 없다는 확신이 있다면 어떨까? 그래서 그 과정에서 마주치는 모든 난관을 마치 기다렸다는 듯 여유롭게 툭툭 털고 일어날 수 있다면? 바로 이루어지는 것이 아니라 이렇게 시간을 두고 이루어져서, 진행되는 이 모든 과정을 경험하고 즐길 수 있어서 감사하는 마음을 가질 수 있다면?

나에게는 감사가 그런 자판기이다. 더 정확하게는 펜으로 노트에 감사를 쓰는 행위가 그런 생각을 만들어준다.

'조급할 필요 없어. 어차피 될 거야. 힘 빼고, 편안히 파도를 즐겨. 이미 마음은 이루어진 거기 가 있는 거야.'

노트와 펜이 이렇게 나에게 말을 건네는 것 같다. 선택과 창조라는 삶의 놀이를 가장 잘 즐길 수 있는 도구가 바로 나에게는 감사다.

이미 이루어졌음을 알면 자연스러운 흐름, 영감에 따라 움직일 수 있다. 그 영감을 가장 강하고 확실하게 끌어당길 수 있는 자석이 바로 감사다. 그래서 나는 미래를 이미 이룬 것처럼 감사하며 하루를 시작한다. 세상에서 가장 강한 힘이 감사에 있음을 알기 때문이다. 감사의 흐름에 나를 맡기고, 기쁨의 향을 맡으며 하루를 시작한다. 이보다 더 좋은 시작은 나에게 없다.

　매일 쓰는 감사는 그 자체로 나에게 성장의 도구라 할 수 있다. 매일 써도, 매일 느낌이 새롭다. 쓰면 쓸수록 내가 변화하기에, 매일의 감사는 다른 느낌을 줄 수밖에 없다. 삶이 즐겁고 신나는 이유는, 매일 이런 새로운 느낌을 경험할 수 있기 때문이다.

　감사와 기쁨의 공간에서 나는 마음껏 자유롭게 뛰어놀며, 꿈이 현실이 될 때까지 여유롭게 기다린다. 감사는 불안과 걱정, 두려움과는 어울리지 못한다. 그래서 감사하면 할수록, 이런 감정들은 나에게서 알아서 떨어져 나간다. 자체 마인드 클리닝 시스템이다. 감사는 고요한 명상처럼, 따뜻하고 달콤한 모닝 라테처럼, 그리고 아름다운 꽃처럼, 나의 삶을 아름답고 풍성하게 만들어준다. 나는 감사가 참 좋다. 그리고 매일 이렇게 감사하는 나도 정말 좋다.

⭐ 참 쉽네!

나는 고등학교 1학년 때부터 렌즈를 꼈다. 이제 거의 20년 가까이 렌즈를 끼고 있는 셈이니, 나의 20~30대는 렌즈와 함께 한 삶이라고 해도 과언이 아니다. 내가 렌즈를 끼는 이유는 간단하다. 보고 싶어서. 렌즈를 끼면 보이지 않던 것들이 잘 보이기 때문이다.

나는 서른이 되어 보이지 않는 렌즈를 하나 더 끼기 시작했다. 바로 감사의 렌즈다. **감사의 렌즈를 끼면, 삶에서 보이지 않던 것들이 보이기 시작한다.** 내가 무심코 넘겼던 모든 것들이 다르게 다가온다. 그리고 풍요라는 선물이 따라온다. 마음은 평온하고 더욱 따뜻해진다. 무슨 일이 일어났을 때, 다시 일어서기가 훨씬 쉬워진다.

시간이 쌓이면, 감사의 범위도 넓어지고, 감사하는 능력도 그만큼 커진다. 내 마음 한구석에 시커멓게 자리했던 상처에도 감사할 수 있는 마음의 여유와 공간이 생긴다. 오늘 하루가 아니라 내 삶 전체가 모두 감사의 색으로 물들게 된다. 그렇게 감사로 하얗게 투명해진 마음에, 내가 원하는 색을 더해 지금의 삶을 더욱 즐길 수 있다. 미래의 선택을 현재로 끌어당겨 감사하고, 내 삶을 여유롭게 즐기며 바라보게 된다.

감사는 삶을 즐기는 최고의 기술이다. 삶이라는 축복을 만끽할 수 있는 최고의 지름길이며, 나라는 존재를 가장 빛나게 하는 마법이다.

감사는 풍요라는 열매가 열리는 보이지 않는 뿌리다. 뿌리가 단단하면 열매는 저절로 열린다. 감사는 삶의 어떤 비바람에도 흔들리지 않고, 마음의 중심을 잡게 한다. 물론 이것은 한 번의 감사가 아니라 감사가 습관과 루틴으로 자리 잡은 것을 말한다. 감사가 나만의 강력한 습관으로 자리 잡은 사람은 쉽게 무너지지 않는다. 만약 흔들려도 쉽게 일어선다. 감사라는 든든한 버팀목이 그 사람의 내면을 단단하게 붙잡고 있기 때문이다.

그래서 '매일, 꾸준히'의 힘은 강력하다. 그 누구보다 벼락치기에 강했던 나였지만 이제는 안다. 삶에 벼락치기는 존재하지 않는다는 사실을. 삶은 내가 고등학교 때 보던 시험이 아니다. 시험이 끝나면 머릿속에서 다 날아가 버리는 벼락치기가 아니다. 내면에 끝까지 붙어있는 진정한 마음의 힘을 기르려면, 누구보다 꾸준하고 성실해야 한다는 것을 이제는 안다.

시간이 흐를수록 자산이 급격히 증가하는 복리의 원리처럼 감사도 그렇다. 처음에는 큰 변화를 느끼지 못하더라도, 시간이 흐를수록 다른 모든 것을 뛰어넘는 강력한 힘이 된다. 내가 감사한 그 시간만큼, 그 시간을 투자한 만큼, 단단한 멘탈은 내 것이 된다. 내가 투자한 것은 반드시 되돌아오게 되어 있다. 감사 또한 마찬가지다.

감사를 통해 내 삶에 남아있는 감정의 찌꺼기들을 모두 버리고 삶에 축복만을 남기면, 누구나 진짜 자신을 알 수 있다. 나라는 특별한 존재, 세상에 둘도 없는 명품인 나 자신을 진정으로 아끼고 사랑할 수 있다. 열정과 풍요는 기대나 선택이 아니라 우리의 타고난 권리라는 것을 알 수 있다. 삶은 더욱 자연스러워지고 재미있어진다. 삶의 흐름을 타는 것이 그 무엇보다 쉬워진다. 꿈을 이루는 가장 쉬운 버튼은 바로 감사다.

가장 행복했던 순간들

　오늘은 아침에 일어나 명상을 하면서, '내 삶에서 가장 행복했던 순간들'을 떠올려 보았다. 명상 클래스를 들으며 처음 명상을 시작했고, 앱을 이용해 명상도 했지만, 요즘은 스스로 질문을 만들어 하는 명상을 참 좋아한다. 내가 잊고 있었던 내 안의 보물, 내 삶의 보물을 만날 수 있기 때문이다. 나는 그 순간들을 진심으로 사랑한다.

　삶에서 가장 행복했던 순간은, 리더십 포럼을 들었을 때다. 포럼 마지막 날 200명의 사람들 앞에서, 포럼을 듣고 깨달은 점과 앞으로의 내 비전을 나누었던 순간이다. 나는 꿈과 현실 사이에서, 아니 정확히는 가슴 뛰는 비전과 일견 현실로 보이는 머릿속 목소리 사이에서, 진짜 내가 누구인지 알게 되었다고 말했다. 또한 대한민국의 아름다움을 널리 알리는 창업가가 되겠다고 말했다.

　그리고 2년 뒤, 아버지께서 포럼을 하셨고, 나처럼 마지막 날 200명의 사람들 앞에서, 포럼을 소개해준 딸에게 고맙고 사랑한다고 말씀해 주셨다. 아직도 그때 그 순간을 떠올리면, 가슴이 먹먹해지고 아련해진다. 나에게 그 포럼은 단순한 교육 프로그램이 아니라 삶에 대한 완벽한 깨달음이었다. 내가 사람들에게 주고 싶은 가장 소중한 경험이었다. 아마도 나는 내 삶의 마지막 순간에도, 그 포럼을 내 삶의 가장 소중한 순간으로 떠올리게 될 것 같다.

그 이후 나에게 가장 그 순간과 비슷한 느낌을 준 것은 바로 『삶으로 다시 떠오르기』라는 책이다. 에크하르트 톨레가 쓴 이 책은 내가 7번 이상 읽었을 정도로 정말 아끼는 책이다. 나는 이 책을 읽으며, 그 포럼의 내용을 그대로 한국어로 옮겨 놓은 듯한 느낌을 받았다. 이후에 오키나와 리트리트 프로그램에서 경험했던 '움직이는 명상'과 작년 발리 리트리트 프로그램에서 했던 자연 속 '아침 요가'와 '명상'에서도 같은 느낌을 받았다. 일상에서는 산책하거나 샤워를 할 때 비슷한 느낌을 받는다. 지금처럼 글을 쓸 때, 그리고 코칭을 할 때도 '지금 이 순간'에 있음을 느낀다.

명상을 하며 나를 돌아보면, 내가 정말 삶에서 원했던 것은 창업가나 코치, 작가가 되는 것이 아니었다. 내가 정말 원했던 것은 내가 경험했던 그 '현존', '지금 이 순간'을 사는 것이었다. 그것은 어떤 직업으로 설명될 수 있는 것이 아니다. '머릿속 목소리'가 주는 모든 생각과 감정, 관념으로부터 자유롭게 해방되어 마음껏 사랑하며 사는 것이야말로 바로 내가 원하는 것이었다. 그리고 바로 그것이 내가 사람들에게 주고 싶은 것이다.

요즘은 명상을 하며 쓰고 싶은 글의 내용을 적고, 목차를 만든다. 샤워를 하고 생각나는 것들을 노트에 적는다. 그리고 글을 써서 나눈다. 영감을 재료로 글을 짓고, 사랑을 나누는 것. 이것이 내가 정말 원했던 삶이다.

인생의 빛처럼, 깨달음을 느꼈던 그 순간들이 내 삶에 있었음에 감사하다. 그 감사 안에서 축복과 풍요를 누리고 싶다. 깨달음에 마음이 감동하는 것을 넘어서, 그 깨달음 그대로 삶을 살고 싶다. 그 깨달음 안에서 살고 싶다. 세상에서 가장 소중한 '지금 이 순간'을 놓치지 않고, 마음껏 사랑하며 살고 싶다.

나를 사랑하는 최고의 방법

지금 내 앞에 아주 뜨거운 커피가 있다. 하루를 시작하는 달콤한 모닝커피다. 이 커피를 마시는 2가지 방법이 있다. 하나는 뜨거운 컵을 드는 것. 그리고 또 하나는 컵 바로 옆에 붙어있는 손잡이를 드는 것이다. 당신은 어떤 방법을 선택할 것인가?

많은 사람들이 쉽게 손잡이를 드는 방법을 선택할 것이다. 이렇게 쉽게 손잡이를 드는 법, 쉽게 꿈을 이루는 방법이 바로 '감사'다.

만약 누군가 내게, 가장 쉽고 빠르게 마음의 중심을 잡는 법이 무엇이냐고 묻는다면, 나는 1초의 망설임 없이 '감사'라고 말할 것이다. 그리고 세상에서 가장 강력한 힘이 무엇이냐고 묻는다면, 이 또한 1초의 망설임 없이 '감사의 힘'이라 말할 것이다. 그만큼 **감사의 힘은 매우 강력하다.**

내가 창업의 실패, 그리고 그 실패에서 비롯된 두려움과 수치심을 삶에서 끊어낸 방법이 '감사'였다. 끊어내고 싶었던 과거를 사랑스러운 눈으로 바라보고, 따뜻하게 안아주고, 진심으로 감사했을 때, 비로소 과거의 손아귀에서 벗어날 수 있었다. 또 나의 마음이 흔들릴 때 다시 중심으로 돌아오게 한 것도 '감사'였다.

남자친구(지금의 남편)와 다투고 마음이 힘들었을 때, 미리 휴대폰에 써 두었던 감사 목록을 다시 읽고 블로그에 나누며 다시 마음의 중심을 잡을 수 있었다. 한참 심각하게 다투었는데도, 감사일기를 나누니 신기하게도 상황을 저 멀리서 객관적으로 바라보는 시야가 생겼다. 그리고 심각한 일이 아니라 얼마든지 해결해나갈 수 있는 쉽고 가벼운 일로 변했다. 삶에 대한 유머 스위치가 다시 켜진 느낌이었다. 내가 한 일은 감사를 느끼고 나눈 것뿐이었는데 결과적으로 **심각성은 줄고, 헤쳐나갈 수 있는 힘은 커졌다.** 이렇게 감사는 삶에 **여유와 넓은 시야, 그리고 강력한 내면의 힘을** 더해준다.

나는 신과 친해지는 가장 쉽고 강력한 방법이 바로 이 '감사'라고 생각한다. 신을 확실한 내 편, 다정한 내 친구로 만들고 싶다면, 당장 해야 할 일은 바로 감사다. 세상에서 가장 달콤하고, 가장 자극적인 감정이 바로 이 '감사'다.

지금 이 순간, 꿈을 가장 쉽고 확실하게 이루는 방법, 꿈과 어울리지 않는 모든 감정과 헤어지고, 꿈을 내 안에 맞아들이는 방법은 모두 감사다. 내가 잘 되기 위해 하는 행동이 나를 사랑하는 것이라면, **감사야말로 나를 사랑하는 최고의 방법이다.**

내 마음의 중심이 잡힌 상태. 내가 사랑받고 있고, 도움을 받고 있음을 아는 상태. 마음의 평안, 따뜻함을 느끼는 상태. 이 상태를 만들어주는 기본 의식이 바로 감사하는 마음이다. 감사가 바로 손잡이다. 쉽게, 가볍게, 즐겁게. 그 중심에 바로 '감사하는 습관'이 있다.

⭐ 원하지 않고 감사하는 것

꿈의 여정에 엘리베이터가 있다면 과연 무엇일까? 빠르고 쉽게 우리를 꿈이 현실이 된 그곳으로 데려다줄 무언가가 있다면, 그것은 무엇일까?

그 답은 감사다. 미리 하는 감사, 나의 꿈이 이미 이루어진 것처럼, 미래의 시제를 현재로 바꾸는 감사다. 내가 원하는 것을 어서 빨리 달라고 삶에게 떼쓰지 않고, 이미 이루어진 곳으로 가서 여유롭게 감사하는 것. 그것이 바로 미래를 자석처럼 끌어당기는 강력한 열쇠다.

원하지 않고 감사하는 것이 핵심 중의 핵심이라는 점을 나는 아주 오랜 시간 알지 못했다. 원하고, 원망하고, 자책하는 데 지나치게 많은 시간을 낭비했다. 가장 강력하고, 쉬운 방법이 바로 내 앞에서 매일 인사하고 있었는데, 모르고 계속 지나쳤던 것이다. 감사일기를 매일 쓰면서, 왜 미래의 꿈을 주제로 감사일기를 쓸 생각은 하지 못했을까?

엘리베이터처럼 누르고 기다리면 되는데, 나는 오랜 시간, 끙

끙대며 혼자 계단을 오르고 있었다. 스스로 힘든 방법을 선택했던 것이다. 그래서 10년 전의 나로 돌아간다면, 반드시 이 방법을 손에 쥐고 절대 놓지 말라고 얘기해주고 싶다.

감사의 힘은 무엇보다 강력하다. 모든 것을 압도한다. 모든 것을 이긴다. 엘리베이터를 타면, 땀 흘리며 힘들게 걷는 대신에 쉽고 편안하게 갈 수 있다. 나에게만 집중하지 않고, 밖의 아름다운 풍경도 즐기며 여유롭게 갈 수 있다.

감사일기의 포인트가 쌓이면 쌓일수록 점점 **내가 선택한 현실이 이미 창조되어 있다**는 것을 알게 된다. 꿈을 현실로 만들기 위한 수단으로 감사하는 것이 아니라, 꿈이 삶에 점점 다가오고 있음에 감사하게 된다. 정말 나에게 삶을 창조하는 창조력이 있음을 알게 된다. 그동안 잊고 있었던 나의 진짜 존재에 눈뜨게 된다.

선택과 창조라는 나의 능력에 눈 뜬 순간, 삶은 더욱 생기 넘치고 재미있어진다. 매일 쓰는 감사일기에 미래 버전의 감사일기를 더하면, 삶이라는 요리에 꿈이라는 맛을 더하는 것이다. 나는 가치 있는 존재이며 내가 선택한 것은 반드시 이루어진다. 포인트가 쌓일수록 이런 깨달음은 더욱 완벽해지고, 엘리베이터의 속도는 더욱 빨라진다.

오랜 시간, 내 앞에 있었지만 알지 못했던 또 다른 감사의 힘. 꿈의 여행을 가장 신나고, 가장 기쁘게 만들어주는 감사라는 버튼. 삶이라는 축제를 감사와 함께 한다면, 우리는 언제나 이 여행을 마음껏 즐길 수 있을 것이다.

노트와 펜만 있으면

돈은 나에게 어떤 감정을 주는 존재인가? 바로 이 질문이 돈과 나의 관계를 알 수 있는 핵심 질문이다. 돈을 생각할 때마다 불안하고, 걱정되고, 결핍을 느낀다면, 돈은 계속 나에게 그런 존재로 다가올 것이다. 돈을 생각할 때 즐겁고 기쁘고, 행복하다면, 돈은 계속 그런 기쁜 존재가 될 것이다. 선택은 나의 몫이다.

삶에 풍요의 스위치를 켜는 법은 간단하다. 돈을 기쁨과 즐거움의 존재로 한 번에 바꾸는 법. 노트와 펜만 있으면 가능하다. 돈이 나에게 들어오고 나가는 순간에 집중해보자. 그리고 노트에 기쁜 마음을 적자. 핵심 내용은, **돈을 대하는 모든 순간에 기쁨, 즐거움, 감사에 집중하는 것**이다.

먼저, 돈이 나에게 들어올 때, 돈이 주는 기쁨에 감사한다. 예를 들어, 통장에 돈이 들어왔을 때, 누군가 나에게 밥을 사줬을 때, 선물을 받았을 때, 쿠폰을 받거나 할인을 받았을 때, 그 순간을 그냥 지나치는 것이 아니라 마음에 잘 저장해두었다가 노트에 적는다. **그 감정을 느끼는 것이 가장 중요**하다.

다음은 돈이 나갈 때이다. 결핍과 풍요를 가르는 순간이 바로 돈이 나가는 순간이다. 이때 중요한 것은 나에게서 나가는 돈이 아니라 돈과 교환하여 내가 얻은 것, 돈이 나에게 준 가치를 느끼고, 기쁨에 집중하는 것이다. 부자는 나에게 오는 기쁨과 풍요, 가치에 집중한다. 물건을 살 때, 돈을 내고 강의를 듣게 됐을 때, 누군가에게 무엇을 사줄 때에도, 지금 이 순간에 충분히 감사하자. 돈을 쓰는 기쁨을 느끼자.

나는 돈이 당신의 가장 다정한 친구이기를 바란다. 돈이 당신의 가장 든든한 파트너이기를 바란다. 나처럼 돈 때문에 좋아하는 일과 헤어지는 일이 당신의 삶에서 절대 없기를 진심으로 바란다.

지금까지 나를 돌아보면, 사랑받으려는 것이 아니라 사랑해야겠다고 마음먹었을 때 삶이 가장 크게 변화했다. 돈도 마찬가지다. 돈에게 사랑받는 것이 아니라 내가 먼저 돈을 사랑하면 돈이 나에게 온다.

돈에 대한 원한을 모두 씻어내고, 돈과 깨끗하게 다시 시작하기 위해 나는 오늘도 미라클 노트를 쓴다. 돈을 사랑하기 위해, 돈이 오고 나가는 순간에 집중한다. 놓치지 않고 그 순간의 기쁨을 마음에 저장한다. 꽃이 활짝 피어나듯, 돈은 나의 기쁨에 더욱 활짝 피어날 것이다.

구글에서 일하듯이

최근에 영화 〈소울〉을 봤다. 바람을 타고 떨어지는 나뭇잎을 바라보며, 주인공이 살아있음을 느끼는 장면. 그 장면을 바라보며 나도 모르게 뜨거운 눈물을 흘렸다. 삶에서 가장 소중한 '지금 이 순간'을 우리는 어떻게 대하며 살고 있을까?

처음 아기를 낳고 육아와 집안일을 하며 가장 힘들었던 이유는 정해진 루틴과 일정이 없어서였다. 내가 가진 '시간'이라는 자원을 마구잡이로 대하는 느낌이었다. 그 느낌이 나를 가장 힘들게 했다. 그리고 자연스럽게 가장 최근에 일했던 구글에서의 생활이 떠올랐다. '그때 나는 회사에서 어떻게 일했지? 그때의 습관을 육아와 집안일에 적용해보면 어떨까?' 하고 갑자기 생각하게 되었다.

당시에 구글이라는 공간에서 감사한 것을 찾아 블로그에 공유했던 기억이 떠올랐다. 따뜻한 커피와 달콤한 케이크, 강남이 한눈에 보이는 카페테리아 뷰, 신선한 샐러드, 포근한 리프레시 룸까지... 보물찾기 하듯 감사한 것을 찾는 재미와 풍요로운 느낌을 다른 사람과 나누는 기쁨은 바쁜 직장 생활 내내 나에게 큰 힘이 되었다.

노트북을 들고 일하는 대신, 집안일을 하며 나는 그 습관을 그대로 현재 생활에 적용하기 시작했다. 빨래를 개고, 설거지를 하며, 아기에게 우유를 주고, 청소를 하며, 하나씩 감사한 것을 찾기 시작했다. 자연스럽게 하루를 시작하며 가장 먼저 테이블 위에 노트를 펼쳤다. 감사한 것을 찾는 순간, 그 느낌을 마음에 담아 사진 찍듯 노트에 생생히 적었다.

삶은 결과가 아니라 경험이다. 삶에서 무엇을 이룬 언젠가가 아니라 **지금 내 앞에 있는 '이 순간'을 충분히 느끼고 즐기는 것이** 삶의 진정한 의미다. '지금 이 순간'으로 이루어진 소중한 경험이 바로 삶이다.

미라클 노트는 '지금 이 순간'에 집중하게 만든다. '지금 이 순간' 내 삶에 있는 모든 것들과 하나가 되게 한다. 내 삶과 하나가 되는 것이다. 그런 면에서 미라클 노트는 움직이면서 하는 명상이다. 나에게 완벽한 '지금 이 순간'을 선물해 주기 때문이다.

미라클 노트의 궁극적 목표는 가벼워지는 것이다. 긴장을 풀고, 돈에 대한 모든 상황을 즐기는 것이다. 좀 더 과격하게 말하면, 돈과 관련된 모든 상황을 갖고 노는 것이다. 돈은 숫자가 아니라 느낌이다. 일관된 인식이다. 돈을 대하는 인식이 바뀌면, 삶의 공기가 바뀐다.

내가 돈을 통해 받은 상처에 집중하면 돈을 미워하게 되고, 돈은 나의 가장 큰 적이 된다. 그리고 의식적이든 무의식적이든 돈, 더 나아가 내 삶을 해치는 방향으로 선택하고 행동하게 된다. 하지만 돈이 아니라 내가 문제였다는 것을 인정하고 받아들이면, 삶의 공기가 달라진다. 돈을 진심으로 위하는 마음이 생긴다. 그리고 그때야 비로소 돈에 대한 진정한 치유가 시작된다.

돈과 함께 뜨겁게 춤추는 삶이야말로 미라클 노트가 당신에게 주는 선물이다. 미라클 노트는 당신의 돈과 당신의 '지금 이 순간' 그리고 궁극적으로 당신 자신을 '귀하게 대하는 습관'이다. 당신은 고귀하고 특별하다. 그리고 당신의 돈 또한 그렇다.

6장
솜사탕처럼
가벼운
나의 두려움

욕망보다 강한 것은 사랑이다

20대의 나는 뜨거웠다. 호기심도 많고 배우고 싶은 것도 많고, 의지와 열정도 넘쳤다. 열심히 하는 것은 자신이 있었다. 그때의 나를 돌아보면, 이글거리는 새빨간 붉은 해가 떠오를 정도다.

그 당시의 꿈과 열정은 보기가 좋지만 한편으로는 안쓰러운 마음이 든다. 왜 나는 그토록 열심이었을까? 왜 나는 그토록 힘들어도 울지 않고 버티기만 했을까? 왜 나는 꿈이 이뤄지면 힘든 모든 것이 보상이 되고, 모든 삶의 문제가 다 해결될 것이라고 생각했을까?

서른이 지나면서 노트를 펴기 시작했다. 처음에는 감사한 것을 쓰고, 나를 칭찬하는 칭찬일기를 썼다. 몇 년이 지나 내 감정을 적고, 꿈을 쓰기 시작했다. 감정을 쓰다 감정의 재료인 생각도 적고, 생각의 뿌리도 찾아보았다.

그렇게 적다가 어느 날 깨달았다. 노트에 쓰고 나서의 바로 그 순간. 그 느낌이 내가 예전부터 그토록 찾던 그 느낌이었다는 것을. 모든 삶의 문제가 해결되고 보상되는 느낌은, 꿈이 이뤄졌을 때 오는 것이 아니었다. 노트를 펴고 나를 솔직하게 적는 순간에 찾아왔다. 거기에는 어떤 힘듦이나 노력도 없었다. 이토록 쉬운 것을, 나는 지난 10년 동안 왜 그렇게 멀리서 찾아 헤맸던 것일까?

노트에 쓰는 것은 샤워와 같다. 내 마음을 깨끗하게 씻어주기 때문이다. 노트 앞에서 나는 발가벗을 수 있다. 발가벗을 뿐 아니라, 깨끗하게 씻을 수 있다. 노트는 생각을 바라보고, 놓아주는 행위를 통해, '지금 이 순간'에 집중하는 능력을 길러준다. 나를 이해하고, 사랑하게 해준다. 내가 왜 그런 행동을 하고, 그 행동을 만드는 나의 생각은 무엇이며, 그 생각의 기반인 뿌리 생각이 무엇인지, 그리고 그 뿌리가 언제 시작됐는지 집요하게 찾게 해준다. 이것을 알면 내가 이해된다. 그리고 내가 이해되면 비로소 나를 진심으로 사랑할 수 있다.

10년 간 꿈을 꾸며 느낀 것은, 내가 두려움과 사랑 중 무엇을 선택하느냐에 따라 정확히 그에 맞는 결과를 체험한다는 것이다. 10년 전 나는 인정받고 싶었고, 성공의 대가를 세상으로부터 받고 싶었다. 그래서 늘 두려웠다. 나의 능력을 의심했고 항상 불안했다. 목표에 다다르지 못할까 봐 항상 자신을 밀어붙였다. '그걸 이루고 싶어. 그걸 갖고 싶어'라는 욕망은, 언제나 '내가 할 수 있을까'라는 의심과 함께 찾아왔다.

며칠 전 명상을 하는데, 모든 생각 뒤에 감춰져 있던 진짜 내 꿈이 나지막이 속삭이는 것을 들었다. '우리 모두가 위대한 존재라는 걸 알게 해주고 싶어!'

받는 것이 아니라 주는 것. 두려움이 아닌 사랑. 그토록 노력했지만, 욕망이 주지 못했던 사랑을 다시 시작할 용기가 생겼다. 사람들에게 힘을 주고 싶다는 순수한 사랑이 고개를 드는 순간, 용기는 아주 쉽게 찾아왔다. 욕망보다 강한 것은 사랑이다.

앞으로는 사랑의 여정으로 내 꿈의 결을 바꿀 것이다. 완벽한 사랑, 그 강력한 힘으로 마음껏 세상을 즐기고, 꿈을 펼치며 나아갈 나를 기대해본다.

꿈, 즐기는 것

꿈은 푸르다. 구름이 뭉게뭉게 핀 가을 하늘처럼 아름답다. 하지만 꿈이 변색되고, 꿈의 색이 바래지면 악취를 풍긴다. 자신에 대한 압박과 꿈에 대한 집착이라는 냄새. 그 무거운 힘에 짓눌리면, 처음의 푸르름은 없어지고 악취만 남는다. 삶은 회색빛으로 변하고, 내 얼굴은 어두워진다.

꿈을 이루는 과정에서 우리는 수많은 감정을 마주한다. 그중 가장 많은 감정을 만들어내는 생각은 무엇일까? 바로 '내 꿈은 꼭 이뤄져야 한다'는 생각이다. 꿈에 집착할수록 두려움은 커진다. 그리고 그 두려움이 먹구름이 되어 처음의 푸른 하늘을 뒤덮는다.

나는 힘이 들 때마다 노트에 감정과 생각을 적고, 마지막에 뿌리 생각을 찾는다. 생각과 감정이라는 열매의 보이지 않는 뿌리를 찾는 것이다. 어떤 생각에서 시작해서 이 생각과 감정이 만들어졌을까, 나의 인식은 무엇인가, 내가 나 자신과 삶을 바라보는 눈은 무엇인가? 이런 질문을 스스로 하다 보면, 탁 하나 잡히는 문장이 나온다. 그게 바로 내 생각과 감정의 뿌리다. 그리고 그 뿌리 생각을 뒤집어주면, 감정노트는 끝이 난다.

'꿈을 꼭 이뤄야 해.'라는 뿌리 생각이 잡힐 때, 나는 바로 이 생각을 뒤집어 준다. '꿈을 꼭 이루지 않아도 돼.'

이 생각은 마음에 공간을 준다. 여유를 준다. 그 여유 안에서 나는 '지금 이 순간'에 더 집중한다. 결과에 대한 집착과 두려움 대신, 지금 이 순간의 기쁨과 내 가슴에서 느껴지는 뜨거운 열정에 집중한다. 그리고 이내 꿈에게 주었던 삶의 주도권을 되찾는다.

꿈은 내 삶의 주인이 될 수 없다. 내 삶의 주인은 나이며, 꿈을 선택하는 것도 나다. 꿈이 있어 괴롭고 힘들다면, 그 꿈은 나를 위한 것이 아니다. 꿈은 나의 액세서리다. 액세서리는 나를 빛나게 하기 위해 존재한다. 내가 좋은 기분을 느끼기 위해 존재하는 것이 꿈이다.

중요한 것은 꿈이 아니라, 나다. 생각들을 모두 놓아주자. 가볍게 가자. 기쁘고 신나게 즐기자. 기쁨과 열정, 사랑을 느끼고, 내 삶의 꽃을 활짝 피워내는 것이 바로 삶의 본질이다. 그리고 우리 모두는 그 아름다운 과정 속에 있다.

⭐ 불안을 녹이는 법

"언니처럼 이렇게 이직 잘하는 사람 처음 봤어요. 취업 준비하면
서 맘 푹 놓고 자기 시간 즐기는 사람도 처음 봤고."

몇 년 전 지인이 한 말이다. 많은 경험 덕분에 나는 이직에 대
한 긴장이 덜하다. 그리고 그 시간을 즐기는 나만의 방법이 있다.
그 비밀은 그 기간 동안 내가 나에게 해준 말이다.

'가장 좋은 때에, 가장 좋은 회사에 취업하게 될 거야.'

이 말은 취업을 준비할 때 나 자신에게 가장 많이 했던 말이
다. 감기에 걸렸을 때 감기약을 먹는 것처럼, 취업에 대한 걱정으
로 마음이 불안해질 때 나는 나 자신에게 이 말을 가장 많이 해
주었다.

'꼭 취업해야 돼, 어떤 회사에 꼭 가야 돼'라는 생각으로 스스
로를 괴롭힐 때, 이 말은 나에게 많은 힘이 되었다. 꽉 조였던 긴장

을 한 번에 풀어주는 소중한 한 방이었다. **열정적으로 움직이되 여유를 갖기.** 매일 공고를 확인해 지원하고, 면접을 열심히 보되, 불안해하지 않기. 이것이 바로 내 마인드 케어 비법이다.

예전에 나는 삶과 다투는 일이 많았다. 내 계획대로, 내 기대대로 일이 되지 않으면 화가 났다. 그때의 나는 내가 항상 옳았다. 내가 옳기에, 내 뜻대로 되지 않은 것은 옳지 않은 것이었다.

하지만 감정 노트를 쓰면서 나는 나를 내려놓는 법을 알게 되었다. 모든 일에 때가 있음을 안다. 비록 그때가 지금이 아니라 해도, 가장 좋은 때를 삶이 알려줄 것이라고 믿는다. **내가 나의 전문가가 아니라, 삶이 나의 전문가다.** 삶이 알아서 나에게 최고를 가져다준다.

내가 옳은 것이 아니라 삶이 옳다. 그렇게 믿으면 힘든 상황들을 전보다 쉽게 받아들이고, 있는 그대로 사랑하게 된다. 그 게임에서는 무조건 내가 이긴다. 상황과 싸우지 않고 지금 이 순간을 사랑할 때, 나는 훨씬 위대해진다.

강하게 나를 몰아붙이고, 생각대로 되지 않을 때 실망하고 좌절하기보다는, **시스루 앞머리처럼 밝고 경쾌하게 힘을 빼고, 지금을 즐기는 것이 목표를 이루는 데 훨씬 효과적**이다.

넓은 시야로 삶을 바라보면서 지금 이 순간이 나에게 가장 좋은 것임을 믿는 것. 삶이 가져다주는 것들을 사랑스럽게 바라보는 것. **내 생각이 아니라 지금 이 순간을 사랑하는 것.** 이것이 삶이라는 여행을 달콤하게 즐기는 나만의 방법이다.

⭐ 나는 꿈을 이룰 운명이야

어린 시절 내 사진을 바라본다. 휴대폰 바탕 화면에 저장된 사진. 똘망똘망한 눈, 까만 머리카락, 작고 귀여운 손가락 마디마디. 아기인 나를 느껴본다. 그리고 가슴으로 묻는다.

'선경아, 지금 어떻게 하면 좋을까?

나 많이 힘든데, 많이 지쳤는데…. 그래도 이 길을 계속 가야 할까?

너는 답을 알고 있지? 네가 알고 있는 그 답을 알려줄래?

지쳐 있는 지금의 내가 아니라 너의 생각을 듣고 싶어.'

나는 나 스스로를 코칭할 때, 어린 아기였을 때의 나에게 묻는다. 아직 어떤 상처도 어떤 고통도 없는 진짜 나에게. 나는 그때의 내가 지금의 나보다 훨씬 진짜 나, 나의 본질에 가깝다고 믿는다.

우리는 태어나서 많은 감정을 경험한다. 그 감정 중에는 상처와 고통도 있다. 과거의 상처와 고통이 지금의 나에게 영향을 준다. 그리고 나의 생각과 감정, 행동과 선택을 좌지우지한다. 그래서 나는 **어두움이 없는, 하얀 도화지 같은 어린 시절의 나에게 내 삶의 선택권을 맡긴다. 삶의 본질에 대한 가장 명확한 답은,** 지금의 내가 아니라 그 아기가 더 잘 알고 있다. 내가 물을 때마다 언제나 정확하게 답을 준다.

'선경아, 지금 많이 힘들지? 많이 힘들 거야. 힘들면 조금 쉬어 가도 돼. 천천히 가도 돼. 괜찮아. 근데 결국 너 할 수 있다는 거 알고 있지? 충분히 가능하다는 걸 너도 잘 알고 있을 거야. 그것만 기억해. **분명 넌 할 수 있다는 걸.'**

뜨거운 감동이 가슴 깊은 곳에서 올라온다. 가슴이 먹먹해진다. 내가 원하는 것은 무엇이든 가질 수 있고, 무엇이든 해낼 수 있다는 나에 대한 앎. 그 진실이 나를 치유하고 위로한다. 따뜻한 힘, 언제든 쓸 수 있는 무한한 힘이 내 안에 있음을 다시 기억하게 한다.

이것은 나에게 주는 뜨거운 응원, 벅찬 희망이다. 다른 사람에게 의지하지 않고, 내가 나에게 희망을 줄 수 있는 기분 좋은 순간이다. 결국 내가 힘든 이유는 나에 대한 확신을 잃었기 때문이다.

'할 수 있을까? 괜찮을까? 어렵지 않을까? 가능할까, 과연?'

처음에 가졌던 그 선명한 확신이 흐려졌기 때문이다. 내가 나에게 했던 질문은 꺼져가던 그 불씨를 되살려주었다. 나는 내가 선택한 것을 충분히 가질 수 있다는 그 진실을 기억하게 해주었다.

나는 이미 꿈을 이룰 운명이라는 것을, 이미 꿈은 내 손바닥 위에 있다는 것을, 꿈이 이루어지는 과정을 그저 즐기기만 하면 된다는 것을 다시 기억하게 해주었다. 나에 대한 렌즈를 다시 바꿔 낀 순간, 진실은 떠올랐다. 그 진실과 손잡고, 즐겁게 춤추며 꿈을 여행하기만 하면 된다는 것을, 그때 그 아기는 다시 알게 해주었다. 그래서 내게 최고의 코치는 바로 사진 속 그 아기다.

감정은 쉽다

사람마다 쉬운 게 있다. 크게 힘들이며 노력하지 않아도 쉽게 할 수 있는 일. 그것이 나에게는 바로 노트를 쓰는 일이다. 감사일기, 칭찬일기, 감정일기. 모두 뒤에 일기라는 이름이 붙었지만, 나에게는 그냥 노트를 펴고 뭐든 쓰는 것이다. 쓰는 내용에 따라 이름만 바뀔 뿐, 나에게는 모두 똑같은 노트 쓰기로 느껴진다. 이렇게 노트를 펴고 쓰는 것이 내게는 자연스러운 일상이 되었다.

특히 마음 청소를 하듯 어지러운 마음을 가지런히 정리하고 싶을 때 나는 노트를 많이 쓴다. 청소해야 할 감정을 적고, 그 감정을 만드는 생각들을 솔직하게 적는다. 그리고 그 생각들의 뿌리를 들여다본다. 마지막으로 그 동안 내가 읽었던 마음공부 책들의 지혜를 빌려 나만의 방식으로 그 뿌리를 뒤집는 작업을 한다.

이 모든 과정이 익숙하다 보니, 어느새 사례들이 많이 생겼고, 이 사례들은 자연스럽게 글을 쓰거나 코칭을 할 때 재료가 되어준다. 맛있는 음식을 만들기 위해 신선한 재료가 필요하듯, 글을 쓰고 코칭을 하는 나에게도 생생한 표현, 마음에 와 닿는 내용들이 필요하다. 그리고 내가 직접 겪은 사례만큼 생생한 표현은 없다. 그 모든 게 나의 자산이고 콘텐츠라 할 수 있다.

그래서인지 노트, 특히 힘들 때 적는 감정노트는 쓸 당시에는 힘들지만, 분명 좋은 사례가 결과물로 나올 것임을 알기에 내심 기대하는 마음이 생긴다. 노트를 펼 때는 힘든 감정이 올라와 마음이 좋지 않지만, 이 노트를 다 적고 덮을 때에는 감정이 정화된 시원한 감정을 느낄 것을 알기에, 힘들지만 힘들지 않게 된다.

그리고 가장 중요한 사실은, 힘들고 버겁게 느껴졌던 감정이 가벼워졌다는 것이다. 나를 좌지우지할 수 있다고 생각했던 감정이라는 녀석이, 언제든 내가 나를 깊이 들여다보기만 하면 내가 주인이 되어 나의 의지대로 만들 수 있다는 것을 알기 때문이다.

힘든 상황에서도, 이 상황이 주는 배움이 기다려진다. 이것이야말로 나에 대한 배움. 내 마음에 대한 배움이다. 내가 어떻게 이루어졌고, 지금의 내가 왜 이런 감정을 느끼는지, 그리고 이 감정을 나에게 유리하게 쓰려면 어떻게 해야 하는지 노트를 쓰면 알 수 있다. '나 사용 설명서'를 하나씩 얻는 기분이다.

설명서가 있다면 다루기가 훨씬 쉽다. 나 자신도 마찬가지다. 나에 대해 더 잘 알수록, 나를 다루기가 쉽다. 감정일기의 사례가 하나둘 쌓일수록 나는 나에 대한 지혜가 넓어진다.

감정은 나에게 나를 들여다보라고 얘기한다. 나의 뿌리를 좀 더 깊이 들여다보라고 한다. 감정은 내가 꼭 알아야 하는 나에 대한 진실을 기억하게 한다. 삶에 대한 진실을 다시 기억하게 한다. 그래서 감정이다운되는 모든 순간은 나에게 기회다. 감정은 나의 가장 소중한 친구다. 내가 평생 따뜻하게 안아줘야 할 나의 소중한 친구이자 평생 돌봐야 할 나의 아이다.

감정은 쉽다. 그리고 감정을 들여다보는 일은 재미있다. 누구나 쉽고 재미있게 할 수 있는 일이 자신을 들여다보고 감정을 친구삼아 삶을 즐기는 일이었으면 좋겠다.

✦ 생각이 원하는 것

'실패하면 어떡하지? 내가 과연 성공할 수 있을까? 내가 그럴 능력이 될까?'

이 생각들은 어디서 오는 것일까? 나에게 두려움을 주는 이 수많은 생각들을 어떻게 잘 다룰 수 있을까? 어떻게 이 생각들을 이겨내고 꿈을 향해 앞으로 계속 힘차게 나아갈 수 있을까? 단단하고 여유 있게 이 생각들을 잘 이겨낼 수 있다면 얼마나 좋을까?

신경 쓰지 말고 무시해야 할까? 그렇다고 없어지진 않을 텐데… 아니면 생각날 때마다 다른 생각으로 바꿔줘야 할까? 그래도 계속 나타나는데… 아예 이런 생각이 안 나는 방법은 없는 걸까? 정말 멘탈이 강한 사람은 이런 생각이 하나도 들지 않을까? 그럼 나는 멘탈이 약한 사람인 걸까?

예전부터 내가 가장 손에 넣고 싶었던 지혜는 바로 '생각과 감정을 다루는 법'이었다. 자신을 잘 다스릴 줄 안다는 것은, 자신의 생각과 감정을 바라보고 잘 다룰 줄 안다는 뜻이다. 그리고 자신의 감정을 다룰 줄 아는 사람은 행복과 성공을 거머쥔다.

수많은 명상 서적에서 얘기하는 '생각은 내가 아니다', '생각을 바라보는 자가 나다'라는 명제를 삶에서 실천하려면 어떻게 해야 할까? 어떻게 해야 내 생각과 감정을 바라보며, 나와 분리할 수 있을까? 그 영향으로부터 벗어나 훨훨 나는 새와 같이 자유로울 수 있을까?

어느 순간 나는, 생각과 감정이 청개구리와 같다는 것을 알게 됐다. 내가 피하려 하면 할수록 더 끈질기게 따라온다. 옳지 않다고 낙인찍고 바꾸려 해도, 더 끈질기게 나를 괴롭힌다.

정성스레 들어주는 것. 따뜻하게 안아주는 것. 있는 그대로 존중하고 인정하는 것. 피하지 않는 것. 판단하지 않는 것. 바꾸려 하지 않는 것. 마치 내가 받고 싶은 사랑처럼, 그 녀석들 또한 나의 따뜻한 사랑을 원한다는 것을 알게 되었다.

내가 먼저 사랑을 주면, 생각과 감정이 먼저 나를 놓아준다. 참으로 신기하다. 그렇게 내가 아무리 벗어나려 해도 놔주지 않던 녀석들이, 오히려 내가 먼저 다가가 귀 기울여 따뜻하게 들어주면, 나를 놓아준다. 그리고 나에게 가야 할 길을 알려준다.

'실패할까 두려워. 무서워. 내가 과연 성공할 자격이 있는 걸까? 지금 내가 가는 이 길이 맞는 걸까?'

내 안의 아이가 이야기할 때, 피하거나 바꾸려 하지 말자. 그 아이가 어떻게 이야기하는지 귀를 크게 열고 들어주자. 노트를 이용하면 좋다. 노트에 내 생각과 감정을 적어보자. 나만의 감정노트에 그 아이가 얘기하는 모든 내용을 그대로 솔직하게 적어보자.

적는 것만으로도 큰 도움이 된다. 나는 그 생각과 감정이 아니라 그 생각과 감정을 바라보는 존재라는 것을 경험하게 된다. 경험하면 확실히 알게 된다. 그리고 점점 감정노트를 쓰는 것이 즐거워진다. 생각과 감정의 족쇄를 벗어나 훨훨 니는 새처럼 자유로워진다. 그것이 바로 감정노트의 힘이다.

나를 건강하게 사랑하기

"와, 제가 정말 이 정도로 찌질한 지 몰랐어요. 진짜 내가 별 것 아니구나 알게 돼요. 근데 이걸 알게 되면 나한테 되게 실망할 줄 같았는데… 그렇지가 않아요. 이상하게 내가 점점 더 좋아져요."

마음공부를 하며, 나는 나를 많이 들여다보았다. 제3자의 입장에서 나라는 인간을 자세히 들여다본 것이다. 특히 나의 발목을 잡고 있는 나의 과거를 주로 보았다.

'나의 결핍'으로 이름 붙일 수 있는 이 과정에서, 나는 내가 얼마나 작고 연약한 존재인지 알게 되었다. 남 보기에 꽤 괜찮고 그럴듯한 사람인 줄 알았던 내가, 상처도 많고 얼마나 약한 존재인지 알게 되었을 때, 처음에는 당황했다. 하지만 들여다볼수록 나를 더 많이 알고 싶어졌다. 나를 들여다보지 않고는 한 발짝도 절대 앞으로 나아갈 수 없다는 간절함이 있었기 때문이다.

처음에는 당황스럽고 조심스럽던 그 과정은 시간이 갈수록 재미있어졌다. 나에 대해 알면 알수록, 나 자신을 더욱 건강하게 사랑할 수 있게 되었기 때문이다. 모든 포장과 환상이 벗겨진 진짜 나를 마주하자, 나는 나를 따뜻하게 안아주고 싶어졌다. 그리고 다그치기만 했던 나 자신에게 미안해졌다. 내 생각만큼 강하고 단단한 내가 아니어도, 아이처럼 잘 화내고 잘 우는 나라도 괜찮았다. 생각 속 막연한 환상이 아니라, 현실에 발 붙고 지금을 살아가는 진짜 나 자신을 사랑하게 된 것이다.

어린 시절, 맞벌이로 바빴던 엄마와 나는 많은 시간을 같이 보내지 못했다. 감정을 나눌 여유가 없었던 탓에, 나는 아직도 공감이나 따뜻함을 갈망하는 아이를 내 안에 지니고 있다. 가끔 공감이나 이해를 받지 못하고 갑자기 혼자임을 느낄 때, 나는 많이 힘들어한다.

예전에는 그런 나를 이해하지 못했고, 이렇게 쉽게 작아지는 나를 많이 책망했다. 가뜩이나 힘든 아이한테 계속 화만 냈으니, 그 아이는 아마 더욱 외로웠을 것이다. 하지만 나를 깊게 들여다본 후에 나는 변했다. 내 삶에 그 아이가 나타날 때, **나는 그 아이를 따뜻하게 안아준다.** 내가 아무리 애써도 그 아이를 외면할 수 없다는 것. 그 아이와 나는 평생 함께 가야 한다는 것을 알았기 때문이다.

'평생 함께 가야 한다면, 친구가 되어야겠다. 두 손 꼭 잡고 잘 지내야겠다'라고 마음먹은 이후로, 나는 더 이상 그 아이에게 화를 내지 않는다. 친절하고 따뜻하게 그 아이를 안아준다. 그러면 그 아이도 울음을 멈추고 나에게 천천히 다시 일어날 힘을 준다.

그렇게 우리는 좋은 파트너가 되었다.

　나의 과거를 알아야 하는 이유는, 그 과정을 통해 나를 이해할 수 있기 때문이다. 나를 이해하면 나에 대한 관점이 변한다. 관점이 변하면 나를 따뜻하게 안아줄 수 있다. 나뿐 아니라 나의 모든 삶을 안아줄 수 있다. 그리고 그때부터 나의 진정한 변화가 시작된다.

　과거를 들여다봄으로써 미래의 내가 변화하는 기적, 그 달콤함을 맛볼 수 있다. 하늘을 나는 새와 같이 자유를 맛볼 수 있다. 그리고 바로 그 맛이 인생을 사는 진짜 재미라고 나는 생각한다.

넌 세상의 축복이야

"우리 아들은 엄마의 축복이야."

지금 나는 임신 중이다. 28주 된 아들을 배에 품고 있는 내가, 나중에 아기가 태어나면 가장 많이 해주고 싶은 말은 바로 이것이다. 그래서 아들 태명도 '축복이'로 지었다. 세상에 태어난 것만으로도, 그 존재 자체만으로도 엄마의 축복, 세상의 축복이라는 뜻이다.

최근에 『엄마 투자가』라는 책을 읽었다. 교육을 투자에 빗대어 세련되게 표현한 책이다. 한 장 한 장 읽을 때마다 감동이었다. 덕분에 나만의 교육 철학과 원칙을 글로 적어 정리하고, 남편과 나누는 행복도 맛보았다.

이 책에는 '시드 워드'라는 표현이 나온다. 투자의 '시드 머니'를 빗대어 표현한 것으로, 만 3세 이전에 애착 관계를 형성하는 엄마가 아기에게 해주는 사랑의 말을 말한다. 투자를 할 때 시드 머니가 필요한 것처럼, 아이 교육에도 시드 워드가 필요하다는 것이다.

"넌 엄마의 축복이야!" 나는 이 말을 내가 아들에게 주는 시드 워드로 정했다. 내 아이의 가슴에 이 말을 심어주고, 이 말이 씨앗이 되어 내 아이의 인생이 꽃피워 나가기를 바란다. 나는 이것이 내가 아이에게 줄 수 있는 최고의 선물이라고 믿는다. 그리고 이 씨앗과 함께 나와 아들, 남편을 포함해 온 가족이 함께 걸어갈 앞으로의 우리의 삶이 기대된다.

며칠 전, 부쩍 차가워진 늦가을 바람과 함께 집 앞 공원을 산책했다. 책을 통해 받은 영감과 여러 가지 생각들을 정리하던 중, 문득 이런 생각이 들었다. '선경아, 넌 엄마의 축복이야. 엄마는 네가 있어서 너무 행복해. 네가 내 딸로 태어나줘서 정말 감사해. 만약 우리 엄마가, 나에게 이런 시드 워드를 심어주었다면, 지금 내 삶은 얼마나 많이 달라졌을까?'

그 순간 행복한 기분에 흠뻑 빠져들었다. 무엇이든 할 수 있는 용기와 열정이 솟아올랐다. 나의 어린 시절로 다시 돌아가, 최대한 정성스럽게 말해주고 싶었다. 눈을 지그시 감고, 100일 때 내 사진을 떠올리며 차분하고 따뜻하게 말해주었다.

'선경아, 넌 세상의 축복이야. 그 존재만으로도 넌 세상의 축복이야.'

내가 나에게 줄 수 있는 가장 큰 선물을 지금부터라도 나 자신에게 심어주어야겠다. 그리고 따뜻하게 감싸는 그 사랑의 온기를 내 아이와 세상에 전해야겠다.

'그래, 우리는 모두 그런 존재야. 있는 그대로, 그 존재 자체만으로 축복의 존재, 기쁨의 존재야.'

그 진실을 마음껏 나누는 나를 상상해본다.

불안하고 싶어

나는 백숙을 좋아한다. 사골국이나 곰탕, 설렁탕처럼 따뜻한 국물이 있는 음식도 좋아한다. 사우나 할 때의 푸근함이 느껴져서 기분이 좋다. 긴장되어 경직된 온몸의 세포 하나하나를 몽글몽글 부드럽게 풀어주는 느낌이랄까. 그리고 신기하게도 감정노트가 나에게 주는 느낌도 그와 비슷하다.

내 안에 뒤죽박죽 엉킨 여러 생각들을 하얀 종이에 시원하게 늘어놓는 작업 자체가 후련함을 준다. 어떤 생각이라도 좋다. **어떤 생각이라도 있는 그대로 솔직하게 털어놓는 것. 그것이 감정노트의 첫 번째 규칙이다.** 내가 나에게 솔직할수록, 나는 더욱 자유로워진다.

감정을 노트에 적는 것이 중요한 이유는, **보이지 않는 감정을 눈에 보이는 언어로 표현함으로써 객관화하여 바라볼 수 있기 때문이다. 감정과 나를 분리하는 것이다.** 우리는 끊임없이 생각과 감정에 얽매여 있지만, 눈에 보이지 않는다는 이유로 그것을 알지 못한 채 살아간다. 그러므로 그것을 알아채기 위해서라도 보이지 않는 나의 생각과 감정의 실체를 파악하는 일은 아주 중요하다.

생각과 감정은 내가 아니다. 그저 나를 스쳐 지나가는 일시적인 흐름일 뿐이다. 생각과 감정을 없앨 수는 없다. 그저 그것이 진정한 내가 아님을 알아채는 것으로 충분하다. 그것이 내가 아님을 알면, 생각과 감정에 따라 크게 출렁이지 않는다. 그 생각과 감정을 여유롭게 바라보고, 흐뭇하게 미소 지을 수 있게 된다.

어린 시절 겪은 환경에 따라 주로 나타나는 생각과 감정은 사람마다 다를 것이다. 나의 경우, 돈에 대한 불안과 두려움이 주를 이룬다. 이 감정들을 들여다보고 적지 않으면, 나의 머릿속 목소리는 말한다. '아직도 돈에 자신 없는 내가 싫어!' 그리고 즉시 나 자신과 멀어진다.

하지만 내가 감정을 알아차리고, 조용하고 차분하게 노트에 적으면, 상황이 바뀐다. 여기서 핵심은 **감정을 알아차리고, 받아들이는 것**이다. 있는 그대로 감정이 거기 있음을 인정하고, 존중하는 것이다.

'네가 거기 있구나. 괜찮아. 거기 있어도 괜찮아.'

그리고 더 나아가 그 **감정을 따뜻하게 안아주는 것**으로 마무리한다.

'일루와, 내가 따뜻하게 안아줄게.'

'더 이상 불안하고 싶지 않아!'

생각과 감정을 밀어내고 저항할 때는 오히려 불안이 점점 커진다.

'일루와, 따뜻하게 안아줄게!'

감정을 인정하고 안아줄 때는 불안이 점점 줄어든다.

가장 중요한 것은, **감정이 내가 어떻게 할 수 없는 존재가 아니라, 충분히 내가 다룰 수 있는 가벼운 존재가 되었다는 것이다.** '불안하고 싶어!'라고 생각할 정도로, 내가 갖고 놀고 싶은 존재가 되었다. 내가 내 감정을 통제할 수 있는 능력을 갖게 되었다는 것만으로도 정말 행복하다.

모든 것은 반복이고 연습이다. 훈련이고 습관이다. 꾸준한 행동을 통해 나 스스로 얻은 배움이 나를 진정으로 변화시킨다. 감정노트 또한 마찬가지다. 노트를 쓰다 보면 나만의 방법과 나만의 노하우가 생긴다. 그리고 그 길에는 반드시 나의 변화와 성장이 기다리고 있다.

꿈을 이뤄주는 버튼

'어떻게 하면 강한 멘탈을 가질 수 있을까?'

나는 유리 멘탈이다. 위 질문은 쿠크다스처럼 부서지기 쉬운 멘탈을 가진 내가 항상 궁금했던 질문이었다. 나는 멘탈 갑이 되고 싶었다. 어떤 순간에도 흔들리지 않는 큰 바위처럼 단단하고 강한 멘탈을 갖고 싶었다. 언제나 내가 꿈꾸었던 것이 바로 그런 멘탈이다.

나의 내면은 거울처럼 현실에 반영된다. 예전에는 이것이 정반대였다. 내 현실이 내 마음을 바꿨다. 상황이 좋으면 기뻐하고, 상황이 안 좋아지면 우울해했다. 이것이 당연하다고 생각했다. 다른 사람들도 모두 이렇게 산다고 생각했다.

하지만 자아를 찾고 마음공부를 하면서 만난 책들은 이것을 반대로 얘기했다. 자신의 삶을 스스로 창조해 나가는 사람은 자신의 내면을 먼저 챙긴다. 그리고 자신의 내면을 가장 중요하게 생각한다.

현실이 내 마음을 좌지우지하도록 내버려 두는 것이 아니라, 내 마음을 먼저 다스림으로써 나의 현실을 스스로 만들어가는 것이다. 내 안의 마음을 잘 다스리면, 꿈을 현실로 만들기 쉽다. 어떻게 나의 마음을 다스릴 수 있을까? 나는 나만의 마인드 케어 방법을 찾고 싶었다.

내가 찾아낸 것은 '쉽고 꾸준한 작은 습관'이다. 마음만 먹으면 매일 할 수 있는 작고 쉬운 습관, 하루를 밝게 열어주는 나만의 습관, 나만의 루틴이다. 나의 멘탈을 단단하게 지켜주고, 나의 내면을 깨끗하게 정리해주는 습관이 바로 꿈을 이뤄주는 버튼이었다.

나는 매일 감사일기로 하루를 연다. 삶을 바라보고 나를 기쁨에 흠뻑 적신다. 그 기쁨은 나에게 움직일 힘을 준다. 그 힘은 무한하고 끝이 없다. 감사는 그 무한한 힘에 나를 즉시 접속하게 한다. 그래서 **감사하며 행동하면 꿈은 훨씬 쉬워진다. 무한한 힘이 나를 도와주기 때문이다.**

감사의 힘은 강력하다. 여린 코스모스가 아니라 새빨간 장미다. 뜨겁고 붉은 열정으로 내가 선택한 삶을 만들어가는 힘은 바로 감사에 있다.

그리고 또 다른 강력한 한 방은 꾸준함에 있다. 포기하지 말고 힘들어도 잠시 쉬었다 다시 도전하자. 긴 호흡으로, 넓은 시야로, 자신에 대한 단단한 믿음으로 도전하고, 다시 도전하자. 나는 인간의 위대함이 여기에 있다고 믿는다. 그리고 나를 포함한 우리 모두가 그 위대함의 존재라고 믿는다.

다시 쓰자

'선경아, 정말 원하는 게 있으면 다시 써봐. 매일 매일 쉬지 말고 써
봐. 3년, 5년을 그렇게 써봐. 그럼 무조건 돼.'

결혼식을 마치고 후련한 마음으로 떠난 글램핑. 다음날 아침,
조용히 혼자 방을 빠져나와 강을 바라보았다. 조용한 아침. 지저
귀는 새 소리와 함께 내 앞의 넓고 넓은 북한강을 바라보니, 감동
이 내 마음에 물밀듯 밀려온다. **자연은 포근하다. 그 존재 자체로 나**
의 마음을 깨끗이 비워준다. 그렇게 차분히 감동을 음미하던 그 순
간, 조용하지만 강렬하게 절대 잊을 수 없는 강한 영감을 느꼈다.
마치 강이 나에게 조용히 말을 거는 것 같았다.

작년 여름까지 나는 슬럼프였다. 잠이 많아졌고 의욕이 없어
졌다. 아무 일 없이 축 늘어지는 날이 많았고, 작은 일에도 예민하
고 짜증이 났다. 나는 그 원인을 외부에서 찾았다. 환경이 바뀌어
적응할 시간이 필요하다고 나 자신을 다독였다.

나는 결혼식 전에 신혼살림을 먼저 차리면서 부모님으로부터

독립했다. 요리와 집안일, 집에 필요한 물품을 하나씩 장만하는 일까지 모든 게 처음이어서 생소했다. 낯선 환경에 적응하는 일에 더 많은 에너지를 써야 했다. 집안 살림을 갖추자마자 결혼식 준비에 돌입했고, 식장을 알아보는 중간에 임신 사실을 알게 됐다.

그렇게 내 삶은 빠르게 돌아갔다. 임신 초기의 예민한 몸과 마음은 결혼식 준비와 맞물려 내 신경을 더욱 뾰족하게 만들었다. 결혼식이 끝나자 후련했다. 그리고 이제 슬럼프에서 벗어날 때가 되었는지, 그날 바라본 북한강은 나에게 절대 잊을 수 없는 교훈과 영감을 주었다.

다시 쓰자. 매일 매일. 그렇게 매일 꿈을 쓰고 감사하는 하루를 다시 시작했다. 다시 쓰면서, 내가 왜 몇 달 동안 슬럼프였는지 확실히 알게 되었다. **나를 슬럼프로 몰아넣은 것은, 바뀐 환경이 아니라 나 자신이었다.** 환경이 아니라 바로 나 자신이 바뀐 것이다.

하지만 모든 게 바뀌어도 절대 바뀌지 말아야 하는 것이 있다. 나 스스로를 지키기 위해, 내 건강한 멘탈을 지키기 위해, 모든 게 바뀌어도 반드시 지켜야 할 나의 일상을 바뀐 환경과 함께 서서히 잊고 있었다.

감사하는 마음. 고요히 내 안으로 들어가서 내 가슴의 울림을 듣는 시간. 그 소중한 느낌을 잊으면서, 나는 조금씩 주변 환경에 휘둘렸다. 작은 구멍이 생긴 것이다. 그리고 나도 모르는 사이, 그 작은 구멍은 점점 커져갔다.

나의 슬럼프는 진정 내 삶에서 중요한 것이 무엇인지 기억나게 해주었다. 나만의 루틴. 내면을 지켜주는 나의 습관, 외부 환경에 흔들리지 않는 단단한 멘탈은, 내가 매일 쌓는 나만의 루틴으로 서서히 완성되어 간다는 사실을. 그래서 매일의 그 순간이 너무나 중요하고 소중하다는 것을 슬럼프를 겪으며 나는 다시 기억해냈다.

한방이 아니라 꾸준히

나는 포인트 모으는 것을 좋아한다. 롯데 포인트, CJ one 포인트… 그리고 스타벅스 별도 참 좋아한다. 그래서 꼭 스타벅스에서는 회원 전용 카드로 결제한다. 한두 개 모은 별이 12개가 되어 공짜 커피 쿠폰이 하나 생기면, 그만큼 기분 좋은 게 없다.

이 둘의 공통점은 평소에 하나씩 모은 포인트와 별이 쌓여, 나중에 현금처럼 결제하거나 공짜로 커피를 이용할 수 있다는 점이다. **평소에 매일 하나씩 그 힘이 모여 필요할 때 쓸 수 있게 된다는 것.** 나는 그게 꼭 나의 모닝 루틴 시스템처럼 느껴진다.

매일 쓰는 일기, 매일 느끼는 감사, 매일 느끼는 평온. 이런 루틴은 위기 상황에서 빛을 발한다. 놀이처럼 즐기듯 했던 루틴 덕분에, 위기 상황에서 빨리 빠져나올 수 있다. **상황은 항상 변하지만 루틴의 꾸준함으로 축적된 나의 내면은 절대 변하지 않는다. 한방이 아니라 꾸준히.** 꾸준히 루틴을 유지하는 사람만이 단단한 멘탈을 유지할 수 있다.

왜 한 번이 아니라 꾸준히 오래 해야 단단한 멘탈을 가질 수 있는지 예전의 나는 이해하지 못했다. 하지만 지금은 한 번이 아니라 오래 걸리는 것이 더 좋다. 오래 걸려서 더 좋고, 더 즐겁다. 나의 루틴을 오래 즐길 수 있어 더 행복하다.

이런 마음의 변화는, 인생의 결과가 아니라 과정에 더 집중하고, 과정을 즐길 수 있는 태도를 선물했다. 변화하는 나의 과정을 지켜보고 그 과정을 충분히 음미하는 것. 향이 좋은 커피를 한 번에 마셔버리는 것이 아니라 오래도록 음미하고 즐기는 것이 더 행복한 것과 같다.

매일 성장하는 나를 보는 기쁨은 삶을 설레게 한다. 가슴 뛰게 한다. 나를 성장시키고, 나에게서 기쁨을 찾는 삶은 청춘 드라마처럼 푸르다.

루틴은 그냥 놀이처럼 즐기면 된다. 나만의 셀프케어 시스템을 만들어 나의 소중한 하루를 즐기는 것이다. "나를 가장 기쁘게 하는 일은 뭐지?" 질문하고, 그 답을 정리해보자.

감사일기, 독서, 명상 등 나는 내가 좋아하는 이 일들을 나만의 루틴으로 만들었다. 이것은 내가 하루를 즐길 수 있는 가장 확실한 방법이다. 나는 이 일과로 이루어진 하루가 나에게 최고의 하루라고 당당하게 말할 수 있다.

매일 못 하더라도 나를 탓하거나 자책하지 말자. 루틴을 할 때 얼마나 행복한지, 그 느낌만 잘 기억해두자. 그것이 루틴을 오래 지속하는 데 효과적이다. 나와 결이 맞는 사람들과 함께 하면 더 좋다. 나의 의지에만 기대는 것이 아니라 외부 시스템이 필요하다.

혼자 하지 말고, 같이 해야 한다. 이것이 가장 효과적이고 쉬운 길이다.

가장 중요한 것은 놀이처럼 즐기는 것이다. 미션이 아니라 행복한 놀이다. 내가 만든 시스템 안에서 행복을 느끼고 즐기는 것이 가장 중요하다.

✦ 아무것도 안 해도 돼

예전에 나 자신을 괴롭혔던 한 가지 방법이 있다. 바로 큰 목표를 잡고, 그 목표에 다다르지 못하는 나를 원망하며 자책하는 것이다. 목표 자체가 문제가 아니라 **나 자신을 대하는 방식**이 문제였다. 예전에는 나를 있는 그대로 받아들이고 인정해주지 못했다. 목표를 크게 잡고, 그 목표가 나인 양 살았다. 목표에 집착했고, 끊임없이 그 목표와 지금의 나 자신을 비교하며 괴리감에 괴로워했다.

'아무것도 안 해도 돼'

요즘에는 나 자신에게 이 말을 자주 한다. 예전처럼 힘들게 달리려고 할 때, 다른 사람들에게 인정받으려고 무리할 때, 내 진짜 속도가 아니라 세상에 보여주려고 빨리 달릴 때, 그 순간을 알아차리고 나 자신에게 부드럽게 말을 건넨다.

'선경아, 괜찮아. 네가 하고 싶은 대로 해. 너 자신을 불편하게 하지
마.

아무것도 안 해도 돼. 그냥 지금 그대로 네가 행복하기만 하면 돼.'

사랑하며 살고 싶다. 나의 마음을 여행하며 알게 된 것은, 사
랑하며 살기 위해서는 **가장 먼저 나 자신을 사랑해야 한다는 것**이다.
그리고 나 자신을 사랑하기 위해서는 **스스로 나를 괴롭히지 않아야**
한다.

그동안 나를 가장 많이 괴롭힌 것은 바로 '나 자신'이라는 것
도 알았다. 괴롭혔던 그 시간만큼, 이제는 더 보듬어주며 나를 따
뜻하게 안아주며 살고 싶다. 남보다 나 자신에게 집중하고 싶다.
무엇을 해야 한다는 말 대신에, 아무것도 하지 않아도 되니 무엇
을 하든 네 마음을 먼저 살피고, 마음에서 우러나와서 하라고 말
해주고 싶다.

꿈이 이루어진 순간 대신, 꿈이 이루어지는 작은 순간들에 감
사하며 살고 싶다. 완벽한 내 모습보다 넘어져도 다시 일어나는 나
를 인정해주고 싶다. 잡히지 않는 욕망 대신에 다가옴이 느껴지는,
작지만 소중한 꿈들을 즐기며 살고 싶다.

그런 인생을 위해, 나는 나의 마음을 살피고 성찰하는 시간을
갖는다. 미라클 노트를 쓰는 그 시간에, **나의 꿈과 그 꿈으로 가는**
길을 모두 알게 되기 때문이다. 그 시간은 나를 나 자신으로 살게
해준다. 나를 사랑으로 살게 해준다. 나를 풍요 안에서 살게 해준

다. 그래서 나는 그 시간이 너무 소중하다.

세상이 다 해준다

대한민국의 많은 여성들이 그렇듯, 나도 마사지를 정말 좋아한다. 스포츠 마사지, 아로마 마사지, 발 마사지 등 안 해본 마사지가 없을 정도다. 특히 작년 발리에 처음에 갔을 때 받았던 스톤 마사지는 정말 최고 중의 최고였다. 따뜻하게 데운 돌을 몸에 올려 온몸을 이완시키는 마사지였는데, 자연과 함께 힐링했던 그 순간과 정말 잘 어울렸다.

발리에서 좋은 마사지를 받기 위해 이곳저곳을 구경하며 느낀 점은, 가격이 한국에서보다 훨씬 싸고, 종류도 많다는 것이다. 마사지를 좋아하는 내게는 정말 천국 같은 곳이었다. 언젠가 한 번, 발리에 꼭 마사지 여행을 가야겠다고 생각한 것도 그때였다. 코로나로 아직 실행에 옮기지는 못했지만, 꼭 다시 한번 그때의 경험을 맛보고 싶다. 4~5시간씩, 전신은 물론 머리부터 발끝까지 여러 종류의 마사지를 경험했던 그때의 행복을! 언젠가 나는 꼭 다시 발리에 갈 것이다.

마사지를 많이 받다 보면, 정말 나에게 꼭 맞는 테라피스트를 만날 때가 온다. 좋은 테라피스트는 내가 굳이 말하지 않아도 어디가 불편한지 정확히 꿰뚫는다. 나에게는 5년 전쯤 만났던 분이 그랬다.

보통은 마사지를 받기 전에 어느 부분이 불편한지 말하고, 받으면서도 압이 나에게 맞지 않거나 불편하면 바로 말하게 된다. 그런데 그분은 달랐다. 내가 굳이 말하지 않아도, 몇 번 딱 주물러 보는 것만으로 내가 어디가 **불편한지, 어디를 더 받아야 하고, 어느 정도의 압이 적당한지 정확히 알았다.** 정말 신기한 경험이었다.

'정말 경험이 많은 베테랑이시구나!' 생각했다. 내가 그동안 받았던 테라피스트 분들과 완전히 다른 느낌이었다. 아직도 그때 순간이 기억난다. 이후 그분이 그만두기 전까지 2년 넘게 그 마사지 숍에서 그분을 꼭 테라피스트로 지정해 마사지를 받았다.

며칠 전 정말 오랜만에 마사지를 받으며 그분 생각이 다시 났다. 그리고 내가 당시 그분처럼, 나 **자신에게 최고의 테라피스트가 된다면 어떨까** 하는 생각이 들었다. 내 **기분이 어떤지, 나쁘다면 왜 나쁜지, 지금 나의 어떤 상처가 건드려졌는지, 그 상처는 언제 만들어졌는지, 그 상처로 인해 나는 어떻게 변했는지, 마지막으로 나는 어떻게 그 상처를 이겨낼 수 있는지**를 한 번에 알아챌 수 있는 최고의 테라피스트 말이다. 나 **자신을 가장 잘 아는 나 전문가.** 이렇게만 될 수 있다면 삶이 참 편하고 더욱 즐거워질 것 같다.

내가 가장 최고의 힘을 발휘할 수 있을 때는 나의 기분이 좋을 때이다. 나의 기분이 모든 것을 말한다. 진짜 나와 연결되고, 나의 잠재의식을 힘껏 발휘할 수 있을 때가 바로 그때다. 내가 진짜 나와의 연결이 끊어졌을 때, 다시 연결되어야 할 때 쉽게 연결될 수만 있다면, 나는 내 안에 가진 무한한 힘을 발휘하며 살 수 있을 것이다.

그래서 나는 무엇보다 나를 잘 알아야 한다. 나 자신을 잘 아는 나의 전문가가 되어야 한다. 나를 잘 다루고, 나의 상처를 잘 다루고, 나의 기분을 잘 다스릴 줄 알아야 한다. 나를 기분 좋게 만들 수 있어야 한다. 기분이 좋으면 모든 일이 순조롭게 흘러간다. 굳이 내가 무엇을 하지 않아도, 마치 세상이 다 해주는 것 같다. 모든 것이 쉽다. 그리고 **모든 것이 쉬운 그때가, 바로 진짜 나 자신으로 살고 있는 때다.**

내가 하나가 될 때

발리 여행 중 있었던 일이다. 함께 요가 수업을 듣던 친구의 추천을 받아, 아침 일찍 근처 산책로에서 산책을 했다. 많은 사람들이 잠들어 있는 이른 새벽, 한적한 산책길을 친구와 함께 걸으며 자연이 주는 풍요를 만끽했다. 그때 조용히 떠오르는 해를 보았다. 천천히 그리고 고요히 떠오르는 따뜻하고 밝은 해는 정말 큰 감동을 주었다. 그날 해를 보며 생각했다.

'따뜻한 해와 같은 사람이 되고 싶어. 지금 느끼는 이 따뜻한 벅찬 감동을 사람들에게 전하는 사람이 되고 싶어.'

그런 사람이 되기 위해 내가 해야 할 일은 무엇일까?

바로 '나를 사랑하는 것'이다. 나를 조건 없이 사랑하는 것. 나를 온전히 있는 그대로 받아들이는 것. 내 안의 결핍과 불안을 따뜻하게 안아주는 것. 내 안의 두려운 생각들을 따뜻하게 끌어안는 것. 그렇게 나 자신이 둘이 아닌 진정한 하나가 될 때, 비로소 다른 사람에게도 좋은 영향을 끼칠 수 있는 사람이 될 수 있다는 것을 알게 되었다.

요즘은 감정이 좋지 않거나 마음이 흔들릴 때마다, 나를 들여다보는 연습을 한다. 예전에는 다운될 때마다 나 자신이 미웠다. 지금은 '나에 대해 또 어떤 걸 알게 될까?' 하면서 호기심 어린 눈으로 나를 바라보게 된다.

나는 노트를 쓰며, 나 자신과 솔직하게 대화한다. 내 안에 요동치는 생각을 바라보고, 쏟아내듯 모두 적는다. 나는 좋은 사람이 될 필요도, 지금보다 더 나은 사람이 될 필요도 없다. 그저 솔직하게 나를 있는 그대로 직면하면 충분하다.

나를 힘들게 하는 생각에 절대 나쁘다는 꼬리표를 붙이지 않는다. 그 생각들을 바꾸려 하지 않는다. 무리하게 나를 코칭 하지 않는다. 코칭은 나를 바꾸려는 또 다른 시도에 불과하다는 것을 이제 알기 때문이다. 그 시도는 언제나 실패로 돌아갔다.

내 생각을 있는 그대로 바라볼 뿐, 저항하거나 바꾸지 않는다. 피하거나 억누르지 않는다. 세상 만물이 그렇듯, 그 생각 또한 존중받을 가치가 있기 때문이다. 그 생각들을 있는 그대로 존중해준다. 거기 있음을 인정해주고, 따뜻한 사랑으로 안아준다. 내가 받고 싶은 그 사랑의 모습 그대로, 내 사랑을 그 생각에게 준다.

그렇게 따뜻한 사랑을 내가 먼저 주면, 그 생각들은 나에게 마음의 평온을 다시 돌려준다. 나는 안전하다는 것. 신은 언제나 나에게 최고의 것을 준다는 확신과 믿음을 다시 돌려준다. 그렇게 나는 나의 중심으로 다시 돌아온다.

이렇게 나의 두려움, 불안과 결핍을 따뜻하게 안아줄 때, 진정한 내가 될 수 있다. 그때 나의 고통을 나누고 진정한 나를 선언할 수 있는 힘이 생긴다. 그리고 나를 힘들게 했던 생각이 나 혼자의 것이 아니라 우리 모두의 것이라는 사실을 알게 된다.

누구에게나 나를 힘들게 하는 내면의 생각들이 있다. 우리가 그 생각들에 저항하거나 바꾸려 하지 않고 따뜻하게 끌어안을 때, 억눌려 있던 우리의 진정한 모습이 드러난다.

나의 모든 고통은 생각에 있었다. 그리고 그 생각은 삶을 바라보고 나 자신을 바라보는 나의 뿌리 깊은 믿음이 만들어냈다. 마음이 흔들리고 무너지는 순간들은, 내 안에 아직 그 뿌리가 남아있음을 보여준다. 내가 피하지 않고 그 진실을 똑바로 보기만 하면, 그리고 나에게 고통을 주는 그 생각들을 따뜻한 사랑으로 안아주기만 하면, 그 생각들이 나의 믿음을 바꿔준다. 모든 답은 정말 내 안에 있었다.

달콤한 신의 사랑

컵에 물을 담고, 작은 모래 알갱이들을 넣은 후 젓가락으로 휘저으면, 컵은 어떻게 될까? 그 모래와 물이 뒤섞인 채로 시간이 멈춰 가라앉지 않는다면? 스물여덟, 나의 마음은 모래와 물이 뒤섞여 가라앉지 않는 컵처럼 혼란스러웠다.

나의 모든 생각은 어디에서 왔을까? 무언가를 하고 싶지만, 할 수 없게 만드는 내 안의 모든 생각들은 어디에서 오는 것일까?

창업을 하고 싶고 꿈도 이루고 싶은데, '안 될 거야. 넌 실패할 거야. 능력도 없고, 돈도 없고, 특별한 건 하나도 없고… 어차피 안 될 거니까 하지 마. 괜히 시간 낭비야.' 내 안의 이런 목소리들은 다 어디서 오는 것일까?

이 목소리가 나일까? 하고 싶은 꿈이 진짜 나일까? 스물여덟, 내가 가장 궁금했고 절실하게 답을 찾고 싶었던 질문은 바로 이것이었다.

간절한 질문에 신은 리더십 포럼이라는 이름으로 나에게 답했다. 그 모든 생각이 내가 아님을, 그저 내 안에 떠도는 머릿속 목소리임을, 진정한 나 자신은 그 목소리를 바라보고 있는 자임을, 그리고 나를 포함한 우리 모두가 그 머릿속 목소리와 평생 함께한다는 진실을 알게 해주었다.

이후 나는 책과 명상, 여행, 요가, 노트 쓰기 등 여러 경로로 삶에서 이런 진실을 직접 체험했다. 삶의 어떤 상황에서 그 진실을 잊고 있을 때에도, 진실은 어김없이 이러한 경로 중 하나를 통해 나에게 다시 찾아왔다. 그리고 다시 찾아온 그 진실을 마주할 때, 환희를 느꼈다. 신의 **따뜻하고 달콤한 사랑**을 느꼈다.

나에게 찾아오는 생각을 제3자의 관점에서 바라보고, 놓아버리는 경험은 그 어떤 언어로 표현할 수 없을 정도로 달콤하다. '지금 이 순간'에 집중하는 능력은, 생각을 놓아버린 결과로 자연스럽게 찾아온다. 삶에서 가장 원하는 것을 하나만 선택하라고 누군가 나에게 묻는다면, 주저 없이 '매 순간 놓아버림을 경험하는 것'이라고 말하겠다. 그만큼 나에게는 이것이 소중하고 달콤한 경험이다.

그렇다면 어떻게 이런 환희와 평온의 순간을 살면서 매 순간 경험할 수 있을까? 어떻게 마음의 중심에 단단히 뿌리내리고, 그 중심에서 벗어나지 않을 수 있을까?

나는 매일 하는 루틴에 답이 있다고 생각한다. 꽃이 잘 자라기 위해서는 매일 햇빛을 주는 것이 중요한 것처럼, 나에게 빛을 주는 나만의 루틴을 만들어 나를 잘 자라게 해야 한다. 나라는 꽃이 활짝 피어나기 위해서는, 하루가 아니라 매일 나를 빛에 노출시켜야 한다. 잠시라도 매일 나를 돌아보고, 나를 따뜻하게 안아주는 나만의 시간을 갖자. 그 시간이 쌓인 만큼 나는 몰라보게 강해진다.

나를 두렵게 하고, 나를 꿈 앞으로 당당히 나아가지 못하게 만들었던 그 모든 생각을 놓아버리는 힘이 나에게 있음을 깨닫게 된다. 그리고 그 모든 두려운 생각마저도 깊은 사랑으로 따뜻하게 안아줄 수 있게 된다. 두려움의 존재 이유가 더 이상 나를 묶어 두는 것이 아니라, 나를 자유롭게 날아가게 하기 위한 것임을 알게 되기 때문이다. 그때 두려움은 나의 진정한 친구가 된다.

⭐ 자연스럽고, 쉽고, 재미있는

"저기 저 필통하고, 이 펜들 다 주세요!"

내가 초등학교에 다닐 때다. 엄마는 어느 날, 갑자기 한 달 용돈으로 오천 원을 주었다. 그리고 그 돈을 들고 내가 향한 곳은, 집 바로 옆에 있었던 문구점이었다. 그날 나는 한 달 용돈인 오천 원을 문구점에서 다 썼다. 제일 갖고 싶었던 필통과 연필, 지우개, 펜 등 갖가지 쓸 것들로 필통을 채우느라 신이 난 것이다. 나는 그날 엄마에게 엄청 혼이 났다. 그리고 이후로 내게 용돈은 없었다.

이날의 기억이 아직도 선명하게 머릿속에 남아있는 이유는, 그날 신나게 내가 샀던 것이 필통과 펜이었기 때문이다. 다른 것들을 살 수도 있었는데, 신기하게 나는 필통과 연필을 샀다.

'그래, 나는 글을 짓는 것을 참 좋아했던 초딩이었구나.'

그날의 일은 특별한 추억으로 아직도 내 가슴에 남아있다.

당시에 글쓰기는 나에게 가장 재밌는 놀이였다. 쓰기만 하면 상을 받았으니 그럴 만도 했다. 신나게 놀았는데, 반 아이들 앞에서 상도 받고, 선생님은 물론 엄마 아빠의 칭찬까지 받았으니 이만큼 즐거운 놀이도 없었다. **하얀 원고지에 뾰족하게 연필을 깎아 내 느낌대로 글자를 써 내려가는 그 순간이, 나에게는 그 어떤 놀이보다 재밌었다. 그야말로 행복한 축제였다.**

그때 그 기억 때문인지, 나는 지금도 쓰는 게 참 좋다. 내가 돈을 많이 쓰는 항목 중에, 절대 뒤돌아보지 않고 바로 사는 물건이 바로 노트와 펜이다. 노트와 펜에는 절대 돈을 아끼지 않는다. 노트와 펜은 아직도 나에게 가장 재미있는 놀이이자 장난감이기 때문이다. 내 마음이 흐르는 대로, 감사한 것도 적고, 내 꿈도 적고, 힘든 감정도 적고, 그 경험들을 모아 글도 적어본다. 나는 그 시간이 정말 참 좋다.

누구에게나 자기 자신을 다독일 수 있는 최고의 방법이 있다. 누군가에게는 이것이 운동이 될 수 있고, 다른 누군가에게는 이것이 산책이나 명상이 될 수도 있다. 각자 자신에게 맞는 방법을 찾으면 된다. 그것이 나에게는 노트와 일기 쓰기다. 다른 사람의 방법을 참고하여 시도하되, **나에게 가장 맞는 방법**을 찾는 것이 중요하다. 그리고 **그 시간을 즐기는 것**이 무엇보다 중요하다.

섬세하게 나를 들여다보자. 내가 가장 좋아하는 것은 무엇이고 언제 내가 행복한지, 언제 기쁜지, 언제 가슴이 뛰는지, 언제 따뜻한 안정을 느끼는지. 그리고 그 시간을 나에게 선물해 주자. 나라는 꽃이 잘 자랄 수 있도록 기쁨이라는 물을 주자. 나를 활짝 피우는 것은, **결국 내가 가진 소중한 시간을 얼마나 잘 활용하느냐**에 달렸다.

우리는 누구나 빛나는 꽃을 피울 수 있다. **나라는 꽃은 어차피 피어날 운명이다.** 나라는 꽃을 활짝 피우기 위해 지금부터 나는 무엇을 할까? 재미있고 신나게 이제 그 여행을 즐겨보자.

두려움과 헤어지기

어제 새집으로 이사했다. 정말 오랜만의 이사라, 그 자체로 참 설레었다. 새집에서 새로운 삶이 펼쳐질 것 같은 그 행복한 기분이라니! 그 기분을 이사라는 삶의 이벤트가 선물해 주었다. 청소를 하고, 짐 정리를 하며 몸은 힘들었지만, 마음은 참 즐거웠다. 그런데 이튿날인 오늘, 정말 집에 필요한데 현재는 없는 물건이 하나 떠올랐다.

바로 거울이다. 역시 여자에게 거울은 소중하다. 하루라도 없으면 이렇게 불편하다니! 거울이 없는 지금에야 거울의 소중함을 느끼게 된다.

미라클 노트는 거울과 같다. 떼어낼 것은 없는지 확인하고, 예쁘게 나를 꾸밀 수 있도록 도와주는 거울처럼, 노트는 나의 마음을 아름답게 꾸며준다. 지금의 내 마음을 들여다보고, 필요 없는 것을 흘려보내게 한다. 마음의 중심을 잡게 한다.

생각이나 감정에 빠져 허우적대지 않고, 그 생각과 감정에서 빠져나와 나를 바라볼 수 있게 한다. 진짜 나와 나를 다시 연결해 준다.

그래서 조용히 나만의 시간을 가지며, 노트를 쓰는 시간은 정말 소중하다.

노트는 감정을 마주하게 한다. 감정을 비난하고, 피하고, 도망치던 예전의 습관에서 벗어나 감정과 손잡게 한다. 감정이 하는 말을 자세히 듣게 한다. 그렇게 귀 기울여 듣고, 감정을 달래주면 감정이 나를 도와준다. 낡은 시야에서 벗어나 새로운 세상을 만나게 해준다. 내가 가야 할 곳을 알려준다. 그래서 감정을 바라보는 시간은 언제나 기회이고 축복이다.

예전에 돈에 얽혀있는 모든 감정은 언제나 나에게 적이었다. 둘 중 하나만 이기는 싸움에서 나는 언제나 감정과 싸워 이겨야 했고, 물리쳐야 했다. 그런데 지금 알고 보니 감정은 내 편이었다. 내 편이라는 것을 알고, 나를 도와주리라는 것을 믿고, 내가 먼저 손잡아 주면 되는 일이었다.

돈도 마찬가지다. 돈 때문에 힘들어하는 사람에게는 오래된 뿌리 깊은 습관이 있다. 바로 모든 상황에서 돈을 적으로 보는 것이다. 그런 시선은 계속 돈 때문에 힘든 상황을 삶에서 불러온다. 나 또한 그랬다.

이 뿌리 깊은 습관을 바꿔주고 다시 태어나는 데 도움이 되었던 것이 바로 미라클 노트다. 미라클 노트는 계속 나를 점검하고, 확인하고, 돈을 바라보는 눈을 새롭게 바꿔주었다. 다시 돈을 적으로 만드는 상황이 있다면 빨리 멈추고, 그 감정을 달래서 돈을 나의 친구로 만드는 것이 바로 미라클 노트의 힘이다.

들여다보고, 씻어내는 과정에서 새로운 눈은 나에게 꼭 맞는 내 것이 된다. 처음부터 한 번에 바꿀 수 있다면 좋겠지만, 중간에 다시 보는 과정이 반드시 필요함을 알고, 든든한 나만의 노트를 만들어 둔다면, 분명 힘이 된다. 다른 누구보다 나에게 든든한 친구로 다가올 나만의 노트야말로 내가 나에게 줄 수 있는 최고의 선물이다.

두려움과 도전 사이에서: 브런치 작가되기

'될 때까지 하면 돼. 결국 네가 선택하는 거야. 실패로 만들지, 과정으로 만들지.
여기서 멈추면 실패지만, 계속 가면 과정이야. 모든 건 너한테 달려있어.'

지금까지 나 자신에게 가장 많이 한 말이다. 집요하게 끝까지 가는 힘은, 두려움을 받아들이고 사랑을 선택하는 힘에서 나온다. 노트와 펜은 그 두려움을 들여다보는 힘을 준다. 펜과 노트는 단순한 필기도구가 아니다. 포기하지 않는 힘, 두려움을 확실하게 끌어안고 끝까지 가는 힘이 바로 그 안에 있다.

이와 관련하여 내가 쓴 미라클 노트의 사례를 나누고자 한다. 브런치는 글을 쓰는 사람들 사이에서 유명한 플랫폼이다. 직접 작가 신청을 하고, 자기소개와 글 작성 계획, 직접 쓴 글을 제출해서 승인을 받아야 쓸 수 있다. 심사 과정을 통과해야 하는 것이다.

며칠 전, 브런치에 도전하고 싶은 마음이 생겼다. 나는 사실

예전에 몇 번, 브런치에 도전했다가 떨어진 적이 있었다. 다시 도전하고 싶다는 마음과 다시 떨어질까 봐 두려운 마음 사이에서 갈등이 시작됐다. 그러던 어느 날 명상을 하는데 이 상황을 계속 피할 것이 아니라, 부딪쳐 봐야겠다는 생각이 들었다. **노트를 펴고 두려움을 주는 생각들을 생각나는 대로 쭉 적어보았다.**

'저번에 떨어졌는데, 또 떨어지면 어떡하지? 또 떨어질까 봐 무서워. 떨어지면 지금 이 좋은 흐름이 깨질까 봐 무서워. 내가 무너질까 봐…'

그리고 내가 '왜' 이런 생각을 하는지, 어떤 인식이 나의 이런 생각을 만들어내는지 스스로 차분하게 정리해보았다.

첫째, 지난번에 떨어졌으니 또 떨어질 수 있다. 둘째, 나는 이번에 반드시 브런치 작가가 되어야 한다. 내가 그렇게 계획했기 때문이다. 셋째, 브런치 작가로 합격하지 못하면 나는 작가로서 능력이 없는 것이다. 이번에 합격하지 못하면 나는 내 글이 힘이 없다고 생각할 것이다. **이번에 합격하지 못하면 나는 내 글을 좋아할 수 없다.**

마지막 문장을 쓰면서 확 느낌이 왔다. '이 문장이 핵심이구나. 이번에 떨어지면, 지금 이렇게 좋아하는 내 글을, 나 스스로 좋아하지 못하게 될까 봐 두려운 거구나.' 한 마디로 **다른 사람의 평가 때문에, 내가 내 글을 인정하지 못하게 되는 상황이 두려웠던 것이다.**

합격하지 못하면, 내 글에 대한 나의 인식이 바뀔 수 있다는 두려움 때문에 나는 망설이고 있었던 것이다. 그것을 알아채고, 바로 이렇게 뒤집어주었다.

'나는 어떤 순간에도 내 글을 좋아할 수 있다. 나는 있는 그대로 내 글을 사랑한다.'

이 문장이 바로 진짜 내 목소리였다. 그 목소리를 되찾고 나니, 집에 돌아온 느낌, 마음의 중심을 찾은 느낌이 들었다. 마음이 평안해졌다. 두려움을 내치지 않고, 피하지 않고, 두려움을 잘 듣고 귀 기울인 덕분에, 두려움 속에 가려져 있던 진짜 내 목소리를 찾게 되었다.

단순히 쓰기만 하는 것이 아니라, 그 생각이 어디에서 나오게 되었는지, 그 생각을 만든 나의 인식은 무엇인지, 'why'를 깊게 들여다보면 진짜 두려움의 뿌리를 찾을 수 있다. 그리고 그 뿌리를 찾으면, 자연스럽게 그것이 진짜 내가 아니라는 것도 알게 된다. 진짜 나는 그 두려움이 아니라는 것, 진짜 나는 완전히 다른 얘기를 하고 싶어 한다는 것을 알게 된다. 이것이 바로 나를 다시 찾는 것이다.

7장
달콤한
나의 클라우드
여행기

이 대리, 지금도 잘하고 있어

'부장님, 이선경 대리입니다. 오늘 제 실수로 부장님께 심려를 끼쳐 정말 죄송합니다. 앞으로 이런 일이 다시 발생하지 않도록, 더 공부하고, 더 집중해서 일하겠습니다. 좋은 주말 되세요. 감사합니다.'

'이 대리, 지금도 잘하고 있어. 사람이 때로 그런 실수를 할 수도 있지. 너무 주눅 들지 말고 앞으로도 파이팅 해.'

나는 마이크로소프트 세일즈 팀에서 일했다. 세일즈 팀의 생명은 매출이다. 숫자가 무엇보다 중요하다. 특히 월말, 분기말 매출은, 한 명 한 명은 물론 세일즈 팀 전체에 매우 중요하다.

나는 필드에서 일하는 필드 세일즈 매니저와 함께 팀을 이루어 일하는 인사이드 세일즈로 일했다. 약 200개의 중소기업 IT 담당자와 컨택하며 세일즈 기회를 발굴하고, 효과적인 세일즈 전략을 실행하여 각 세일즈 단계를 높임으로써 최종적으로 매출을 발생시키는 역할을 맡았다. 또한 세일즈 전략을 위해, 고객사별 매출 추이나 제품별 매출 등을 분석하는 일도 함께 진행했다.

한 분기의 매출을 마무리하는 어느 날, 한 고객사에서 제품을 구매했으나 매출이 우리 시스템에 잡히지 않았다. 필드 세일즈 매니저로부터 수시로 시스템을 확인하고 숫자를 찾으라는 독촉 전화와 메일이 쏟아졌다. 그만큼 중요한 숫자였다. 하지만 아무리 찾아봐도 숫자는 잡히지 않았다. 그렇게 오후 내내 끙끙대며 씨름하던 그때, 당시 나의 매니저였던 부장님의 도움으로 퇴근 직전 숫자를 찾을 수 있었다. 정말 다행이었다.

하루 종일 시달린 탓에 퇴근 후, 자리에 주저앉을 정도로 다리에 힘이 풀렸고 진이 빠졌다. 여러 가지 생각이 나를 괴롭혔다.

'왜 나는 그 숫자를 찾지 못했지? 아직도 시스템을 다 익히지 못한 건가? 난 왜 이렇게 일을 못 하지? 왜 이렇게 실수만 하지?'

잉크 한 방울이 물 전체를 물들이는 것처럼, 하나의 생각이 꼬리에 꼬리를 물고 내 마음 전체를 뒤덮었고, 순식간에 마음은 검은색으로 물들었다. 나는 일을 못 하는 사람, 내 역할을 제대로 해내지 못하는 사람, 팀에 피해를 주는 사람이라는 낙인을 찍고 나서야 나는 생각에서 벗어날 수 있었다.

생각은 멈췄지만, 기분은 당연히 엉망이었다. 그 기분에서 빨리 벗어나고 싶었다. 실수를 한 것은 맞지만, 다운된 기분에 오래 머무를수록 앞으로 일하는 데 도움이 되지 않는다는 것을 잘 알았기 때문이다.

그때 나에게 구세주가 되어준 것이 바로 '감사'였다. 매일 감사일기를 쓴 덕분에, 감사는 나에게 일상이자 오랜 습관이었다. 감사는 언제든 내가 손을 내밀면 나의 손을 친절하게 잡아주는 따뜻한 친구였다.

나는 이 일을 감사해보기로 마음먹었다. 이 일에 감사의 힘을 불어넣었다.

'오늘 일로, 일할 때 더욱 집중하고, 무엇보다 작은 일도 많이 연습해서 실수하지 않도록 해야겠다고 다짐할 수 있어 감사합니다. 나의 실수를 알고 도와주신 매니저님께 정말 감사합니다. 실수는 언제든 할 수 있지만, 실수가 주는 교훈은 절대 잊지 않고, 교훈을 디딤돌 삼아 더욱 성장해야겠다고 마음먹을 수 있어 감사합니다. 이렇게 한 걸음 성장할 수 있어 감사합니다.'

마음이 따뜻해졌다. 진짜 나를 찾고 나와 다시 연결된 느낌이었다. 그리고 그날 밤, 용기를 내어 함께 일하는 부장님께 문자를 보냈다. 답장을 보는 순간 눈물이 왈칵 쏟아져 나왔다. 내가 나에게 꼭 해주고 싶었던 말이 그 문자에 적혀 있었기 때문이다.

'이 대리, 지금도 잘하고 있어.'

☆ 애쓸 필요 없어

'아, 정말 회사 그만두고 싶다'

누구나 한 번쯤 이런 생각을 한다. 나도 그랬다. 마이크로소프트에서 일한 지 6개월 되던 날, 매니저님은 육아 휴직을 떠났다. 갑작스러운 임신으로 매니저님이 자리를 비우게 되자 처음에는 더 자유롭게 일할 수 있겠다 싶었다. 그리고 나의 그 순진한 생각이 얼마나 어리석었는지 깨닫는 데는 그리 오랜 시간이 걸리지 않았다.

기존 전통 사업에서 클라우드라는 새 비즈니스로 급격하게 변화 중이었던 조직은, 말 그대로 정신이 없었다. 대리 두 명과 사원한 명이 한 팀이 되어, 매니저 없이 바쁜 조직에서 제대로 일하기는 쉽지 않았다. 번아웃이 왔다. 퇴근할 때는 말 그대로 혼이 쏙빠진 채 녹초가 되었고, 하루하루 버티기도 힘들어졌다.

어디론가 훌쩍 떠나고 싶었다. 현실을 벗어나 잠시만이라도 조용히 쉬고 싶었다. 용기를 내서 3일 휴가를 내고 제주도행 비행기 티켓을 끊었지만, 그마저도 오랜 스트레스로 잠자리에서 일어나지 못해 놓치고 말았다. 그리고 그때, 한 줄기 빛처럼 한 권의 책이 내 눈에 들어왔다.

입사하기 전에 너무나 재미있게 읽었던 책. 내가 가장 좋아하는 책. 나의 존재를 깨웠던 나만의 소중한 아이템. 바로 『삶으로 다시 떠오르기』라는 책이었다. 강남역에 있는 내가 가장 좋아하는 스터디카페에 가서, 혼자 3시간 동안 책을 읽었다. 마지막이라는 심정으로 간절히 읽었다. 이제 이 책이 아니면 나를 구할 수 있는 방법이 없다는 생각이 들었다.

다음 날, 그다음 날도 조용히 스터디룸을 예약해 책을 읽었다. 그렇게 휴가를 낸 3일 동안 간절히 책을 붙잡았다. 책의 마지막 페이지를 덮은 순간, 나는 세상에서 가장 큰 선물을 얻은 기분이었다. 그리고 신기하게도 그날은 진짜 내 생일이었다.

'일을 잘하든 못하든 상관없이, 넌 그냥 그 자체로 최고의 존재야. 회사에서 잘하려고 억지로 애쓸 필요 없어. **그냥 최고의 너를, 힘 빼고 보여주기만 하면 돼.**'

마치 그 책은 이렇게 말하는 듯했다. 그리고 이 책을 통해 나는 **나의 존재를 일과 동일시하는 오랜 습관**을 내려놓을 수 있었다. 나는 **일을 할 때 힘을 빼는 법**을 배웠다.

실수하지 않으려 노력하는 나. 일을 잘 하는 것처럼 보이려 노력하는 나. 적어도 일을 못하는 것처럼 보이지 않으려고 발버둥을 치는 나를 보고 내려놓았다. 일과 나 사이에 가로 막혀 있던 나에 대한 다른 사람들의 시선을 허물어버렸다.

휴가를 마치고 다시 돌아간 회사에서 나는 나를 바라보며 일할 수 있었다. 내 생각이 마치 다른 사람의 생각처럼 명확하게 보이는 그 달콤한 순간들이 계속되었다.

오전 미팅에서 잠깐 딴생각을 할 때도, '아, 지금 집중을 못했구나' 바로 알아차리고, 즉시 지금 이 순간에 집중했다. 회의 중 질문거리가 생각났을 때, '이런 거 질문해도 될까? 사람들이 이상하게 생각하면 어떡하지?'처럼 그동안 나를 망설이게 했던 고민들이 눈에 보였고, 웃으면서 놓아주었다. 그리고 즉시 질문했다.

자연스럽게 커뮤니케이션이 빨라졌고, 내가 해야 할 일들이 눈에 빠르게 들어왔다. 점점 일의 재미를 찾아갔다. 당시 고객의 관심이 적어 모객이 어려울 것이라 생각했던 세미나에 담당 고객을 많이 초청해 처음으로 상무님께 인정을 받는 일도 일어났다. 그리고 그렇게 시간이 쏜살같이 흘러 매니저님은 회사에 복귀했다.

2016년 10월 12일은 나에게 잊을 수 없는 생일이다. 꿀맛 같은 회사생활을 만들어주었던 그 달콤했던 시간을 나는 절대 잊을 수 없다. 한 권의 책이 사람을 바꿀 수 있다는 진리를 몸소 체험하게 해준 나의 소중한 인생템. 나는 여전히 그 책을 너무나 사랑한다.

정규직이 계약직이 된 이유

강남 파이낸스 센터는 나에게 참 신기한 곳이다. 첫 직장 생활을 이 곳에서 시작했고, 그 이후에도 나는 두 번이나 이 건물에 있는 회사에 다녔다. 더 신기한 건, 그만둔 직장과 새로 다닌 직장이 모두 이 건물에 있었다는 것이다. 2년 전 내가 그랬다. 만류하는 동료들을 뿌리치고 사표를 던지고 나온 회사와 새롭게 이직한 회사가 한 건물에 있었다. 그리고 어느 날 아침, 같은 팀이었던 전 동료를 엘리베이터에서 만나 며칠 뒤 점심을 먹게 되었다.

"정규직으로 일하다 계약직이 되면, 좀 그렇지 않아요? 진짜 신기하네!"
"사람마다 선택의 기준이 다른 거잖아요. 남들이 다 정규직에 목숨 건다고 나도 꼭 그래야 한다는 법도 없고. 전 나중에 꼭 하고 싶은 일이 있어요. 그 꿈을 위해 지금 조금씩 준비해가는 거니까 정규직이든 계약직이든 상관없어요. 어떤 면에서는 계약직이 부담도 덜하고 저한테는 훨씬 나아요. 그리고 월급도 지금 훨씬 많이 받는대요, 뭘"

그 동료의 눈에는 내가 신기한 외국인 같았던 것 같다. 정규직
이었던 예전 회사를 뿌리치고 나와 계약직으로 다른 회사에 들어
가다니. 어떻게 그런 선택을 할 수 있는지 그 동료는 궁금한 듯 했
다. 반대로 한 번도 그 사실이 신기하다고 생각한 적이 없었던 나
는 그때 처음 알았다. 이런 내가 다른 사람 눈에는 신기해 보일 수
있다는 사실을. 그래서 성심성의껏 대답해 주었다.

우리나라에서 정규직이라는 타이틀은 꽤나 큰 의미를 갖는
다. 삶에 대한 불안을 막아주는 최소한의 안전장치처럼 느껴진다.
그러나 그 안전장치가 모든 사람들에게 똑같은 것을 의미하지는
않는다. 나에게는 나의 꿈을 붙잡고 매일 성장하는 삶, 성찰하고
사색하고, 기록하는 삶이 가장 안전한 삶이다. 그래서 정규직으로
일할 때도 계약직으로 일할 때도, 명상하고 기록하는 것은 멈추지
않았다.

나에게 있어 불안과 고통은, 삶에 대해 성찰할 시간 없이 매
순간 들이닥치는 일들을 해나가는 것 이상의 어떤 여유도 삶에서
주어지지 않았을 때였다. 그리고 역설적이지만 가장 고통스러웠던
그때, 정말 확실히 알게 되었다. 나에게 그 어떤 삶의 순간에도 놓
치지 말아야 할 가장 소중한 것이 무엇인지 알게 된 것이다.

그리고 그때 완전히 나는 깨달았다. 비록 힘들고 고통스러운
경험일지라도, 삶의 모든 경험은 반드시 나에게 도움이 된다는 것

을. 뼈아픈 그때의 경험을 통해서 나는 삶에서 가장 귀한 깨달음을 얻었다. 책이나 강의와 같은 간접 경험으로는 얻을 수 없는 나의 생생한 느낌과 내 가슴을 통해서, 내 삶 전체에서 반드시 돌봐야 할 내 삶의 꽃 같은 존재가 무엇인지 알게 되었다. 꿈, 기쁨을 주는 열정, 그 길에서 내가 느끼는 모든 것을 돌아보고 되새기고 정리하는 시간적 여유와 마음의 공간. 나에게 중요한 것은 계약직 정규직이 아니라 그것이었다.

짜릿한 열정의 맛

"선경 님, 좋아하는 술 종류 있어요?"
"저 막걸리요! 우리 다 같이 막걸리 먹으러 가요!"
"좋아요. 그럼 강남에 괜찮은 막걸리 집 찾아서 우리 예약해요."

구글 첫 회식 장소는 압구정 로데오 근처 '묵전'이었다. 당시 밤 막걸리에 푹 빠져 있던 내가 막걸리를 외친 덕분이다. 따끈한 모듬전과 묵직하고 달콤한 밤 막걸리. 입사 후 처음 맞는 팀 회식 메뉴로는 최고였다. 강남에 이렇게 괜찮은 막걸리 집이 있었나 싶을 정도로, 맛도 분위기도 참 좋았다. 마음에 들었다.

적당히 긴장이 풀렸고 기분 좋은 분위기 탓인지 재미있는 얘기들이 오갔다. 그리고 시간은 빠르게 흘렀다. 그때 누군가 어떻게 구글에서 일하고 싶은지, 어떻게 시간을 보내고 싶은지 나에게 물었다. 며칠 전, 퇴근 후 집에 오는 길에 산책을 하며, 나 자신에게 물었던 바로 그 질문이다. '아, 나 정말 다시 이렇게 일하고 싶어!' 생각했던 옛날 바로 그 장면, 그 때의 이야기를 자연스럽게 풀어보았다.

"예전 마이크로소프트에서 일할 때, 정말 재미있었던 때가 있었어요. 아무도 중요하게 생각하지 않던 고객사에 컨택해 영업 기회를 만들었던 경험이에요. 예전부터 마이크로소프트와 관계가 좋지 않아서, 영업 담당자가 연락을 하면 잘 받지도 않고, 받아도 시큰둥 얘기도 잘 안 하던 곳이었는데, 그걸 알고 계속 컨택해서 결국 클라우드 제품을 팔았지요."

"어떻게 그렇게 할 수 있었어요?"

"그냥 진심으로 대했던 것 같아요. 어렵게 전화가 연결됐을 때, 제 소개를 하면서 말했어요. 예전 저희 담당자가 고객의 입장에서 좀 더 배려하지 못했던 부분이 있었다면, 정말 죄송해요. 제가 대신 사과드릴게요. 하지만 이제 담당자가 바뀌었으니, 앞으로는 고객의 입장에서 더욱 세심하게 케어하고, 고객의 목소리에 귀 기울이는 영업 담당자가 되겠습니다. 새롭게 담당하게 되었으니, 직접 뵙고 인사드리고, 이야기를 듣는 시간을 만들었으면 좋겠어요. 이렇게요. 사실 일부러 미리 만든 멘트는 아니었고 그냥 떠오른 말이었어요. 먼저 왜 관계가 안 좋아졌는지, 어떤 부분이 마음에 들지 않았는지 고객의 얘기를 충분히 들었더니, 마음이 좀 열리신 것 같더라고요. 그리고 나서 진지하게 말씀드리니, 흔쾌히 미팅 일정을 만들 수 있었어요."

"와, 선경 님 정말 대단해요."

"그냥 저는 주도적으로 일하고 싶어요. 그리고 열정적으로요. 다른 누구를 위해서가 아니라, 저 자신을 위해서요. 저 자신을 위해 여기에서 일하는 시간을 누구보다 잘 활용하고 싶어요."

진정한 꿈이 아닌, 그 꿈과는 다른 회사에서 대부분의 시간을 보내며, 나는 항상 발이 조금 붕 떠 있는 사람 같았다. 내가 하고 싶은 일은 이게 아니라는 생각 때문에 스스로를 많이 괴롭히기도 했다. 내 생각과는 상관없이, **삶의 모든 순간이 소중하고 귀하다는 삶의 진실**을 그 때 미리 알았더라면, 조금 떠 있던 그 발을 지금 이 순간의 현실에 더 잘 붙일 수 있었을 텐데. 그 당시 나는 그것을 잘 알지 못했다.

그런데도 회사를 다니면서 짜릿한 열정을 맛본 순간들이 있다. 그 기나긴 시간을 뜨거운 열정의 맛으로 물들였던 그 소중한 순간순간 덕분에 나는 버텼고 견딜 수 있었다.

그 순간들에 진심으로 감사한 것은 그때의 나도 변함없이 성장했기 때문이다. 회사에 다니던 때도 내 꿈은 현재 진행형이었고, 나는 성장일기를 쓰고 있었다. 새로운 환경에서 새로운 상황을 만나고 새로운 사람들과 함께 일하며, 나는 끊임없이 새로운 나를 창조해갔다. 그때 그 모든 일 또한 반드시 내가 겪어내야 할 소중한 순간들이었음을, 나를 만들어가는 소중한 재료들이었음을 지금의 나는 안다.

그리고 앞으로도 내가 맞이할 삶의 모든 순간들을 소중하게 여기고 싶다. 그 순간들을 정성스럽게 살고 싶다. 더욱 열정적으로 뜨겁게 즐기고 싶다. 짜릿했던 그때의 열정과 환희를 앞으로도 더 자주 삶에서 만들어가고 싶다.

일이 즐거워지는 법

"선경 님, 이번에 드디어 데뷔네요!"

아이돌도 아닌 내가 드디어 데뷔를 하게 됐다. 구글 클라우드 파트너 세미나를 한 달 앞둔 어느 날, 미팅에서 나는 데뷔를 결정했다. 세미나의 한 꼭지를 맡아 발표를 하게 된 것이다. 외부 사람들을 모아 진행하는 행사에서 발표를 한 것은 처음이기에, 팀 사람들은 그날을 나의 데뷔 날이라 불러주었다.

부담도 됐지만 잘하고 싶었다. 첫 무대, 첫 경험이라니! 다른 행사에서 강의를 한 적은 많지만, 구글에 다니면서 구글 클라우드에 대해 강의한 적은 처음이라 무척이나 떨렸다. 하지만 떨리는 만큼 욕심도 생겼다. '와! 저 친구 프레젠테이션 정말 잘하네.' 이런 좋은 인상을 심어주고 싶었다. 우리 팀원들에게도 그날 모인 구글 파트너들에게도.

그날부터 발표 자료 준비에 들어간 나는 틈나는 대로 일을 하며 조금씩 자료를 다듬어 나갔다. 하지만 자료를 준비하는 동안에도 발표 주제인 클라우드 파트너 정책은 계속 새로워졌고, 바뀐 부분을 지속적으로 발표 자료에 업데이트해야 했다. 정보는 많고 계속 바뀌고, 일은 정신없고. 조금씩 나는 발표 준비에 지쳐갔다.

시간은 쏜살같이 흘러, 어느덧 발표를 하루 앞둔 저녁이 되었다. 나는 퇴근 후 스파를 하러 갔다. 발표 전 마지막 날이니 마음껏 푹 쉬고 싶었다. 최대한 마음의 여유를 갖고 싶었다. 그리고 그 여유를 지지대 삼아 발표에 마지막 힘을 보태고 싶었다.

따뜻한 물에 몸을 담그고, 몸과 함께 지친 마음도 몽글몽글 따뜻해질 무렵, 한 가지 질문이 마음을 살짝 스쳐 지나갔다.

'선경아, 내일 발표 왜 하는 거야?'
'그냥 하라고 하니까? 어쩌다 내가 하게 됐으니까?'
'아니, 그거 말고. 진짜 그 발표해야 하는 이유가 뭐냐고.'
'파트너들에게 유익한 정보를 주기 위해? 그날 온 사람들한테 그 정보가 정말 중요하니까. 앞으로 그 사람들 사업에 정말 중요하니까 그 정보를 알려주려는 거지.'
'그래, 그거네! 그 사람들이 정말 궁금해하는 거. 그 사람들한테 정말 필요한 거. 그걸 알려줘야겠네!'

뭔가 번쩍한 듯, 자리를 박차고 일어나 바로 집으로 향했다. 회사 노트북을 켜고, 본사에서 나온 파트너 정책에 대한 프레젠테이션을 다시 들었다. 중요한 부분은 다시 돌려 들으며, 정말 중요한 핵심 내용에 대해 다시 정리했다.

많은 정보를 주는 것보다 중요한 것은 그 사람들이 정말 듣고 싶어 하는 것, 그들에게 정말 중요하고, 필요한 것을 파악하고 주는 것이었다. 기준을 정하니 일이 훨씬 쉽고 재미있어졌다. 그렇게 밤새 발표 자료를 준비하고, 다음 날 나는 정식 '데뷔'를 했다. 여유롭게 위트도 더해서, 무엇보다 핵심 내용을 잘 짚어가면서 발표하는 것에 초점을 두었다.

'선경 님, 발표 정말 잘하시던데요? 놀랐어요, 완전!'

그렇게 떨리는 데뷔를 마치고, 팀원은 물론 세미나에 참석한 파트너분들에게도 좋은 피드백을 받게 되었다. 큰 산을 넘은 후련함과 나 자신에 대한 뿌듯함이 한꺼번에 몰려오는 기분 좋은 느낌이었다.

멋진 내가 되기 위해서, 발표 잘하는 좋은 이미지로 보이기 위해서 하는 발표는 나에게 그리 큰 힘을 주지 못했다. 나는 금세 지쳤다. 마지막에 나에게 힘을 준 것은 그 일을 하는 진짜 이유였다. 그리고 세미나에 참석하는 파트너들을 위하는 마음이었다. 나를 앞세우지 않고 일의 본질에 집중하자 일이 정말 즐거워진다는 것을 알게 된 소중한 경험이었다.

'욕심은 아무런 힘을 주지 못한다. 세상에, 그리고 사람들에게 가

치를 주겠다는 뜻과 의지가 열정과 풍요를 만들어낸다. 무엇이 나에게 효과적인지 똑바로 보자.'

오늘도 나에게 다시 되뇌어본다.

해피 워크 프로젝트

"선경 님, 뭐해요?"

"저 요즘 되게 재밌는 프로젝트 해요. 감사일기 프로젝트!"

"감사일기 프로젝트요? 그런 프로젝트도 있어요?"

"예, 되게 쉬워요. 그냥 하루에 감사한 일들을 적어서 블로그에 나누는 거예요. 전 하루에 10개씩 써서 나누는데, 이 프로젝트 덕분에 비타민C 먹은 것처럼 삶이 더 재밌고 생기 있어지는 것 같아요."

작년 봄, 나는 감사일기 프로젝트를 시작했다. 남자친구와 헤어진 후, 삶을 다시 새롭게 열정적으로 만들어 줄 반전이 필요했다. 마침 출퇴근길에 유심히 보던 블로그에서 '감사일기를 함께 쓰는 모임'을 만든다는 공지를 보게 됐고, 바로 신청했다. 보는 순간, '아, 이거구나!' 느낌이 왔다. 그 프로젝트는 내 삶을 다시 달콤하게 만들어 줄 것 같았다. 그렇게 새로운 프로젝트를 시작했다.

규칙은 간단했다. 하루에 자신이 정한 개수의 감사한 것들을 적어 블로그에 올리고, 블로그 링크를 나누는 것이다. 나는 10개로 정했기에, 아침에 눈 뜬 순간부터 감사할 것을 찾기에 바빴다.

다행히 구글은 감사한 것을 찾기 참 좋은 회사였다. 출근 직후 마시는 시원한 생수 한 병부터, 하루를 시작하는 따뜻한 모닝라테, 맛있는 케이크, 샐러드와 베이컨, 요거트까지 완벽한 아침, 그리고 탁 트인 창가 뷰. 조금만 눈을 뜨면 감사할 것이 차고 넘쳤다. 그렇게 즐겁게 감사할 것을 찾고, 적고, 사람들과 나누는 사이에 나의 이별 후유증은 자연스럽게 눈 녹듯이 마음속에서 사라졌다.

혼자 쓰는 감사일기에 익숙했던 내게, 당시 그 모임은 신선함 그 자체였다. 기록하고 나누는 간단한 규칙 덕분에, 그리고 모임 사람들이 보내준 격려와 인정 덕분에, 감사는 신나는 게임이 되었다. 감사일기는 더 이상 책상에 앉아 노트를 펴고 차분히 쓰는 것이 아니었다. 감사한 것이 생각나는 즉시, 휴대폰 블로그 앱을 열어 적고, 사진처럼 그 순간의 느낌을 가슴에 찍어 두었다. 사진과 함께 감사한 이유를 간단히 적으면, 한 개의 목록이 완성됐고, 그렇게 10개를 완성하는 순간, 마치 대단한 미션을 마친 것처럼 나 자신이 뿌듯했다. 감사의 따뜻함과 나 자신이 만든 규칙을 잘 지켰다는 성취감이 들었다. 감사일기 프로젝트를 통해 나는 삶의 소중한 가치들을 다시 느낄 수 있었다.

감사는 내 삶을 더욱 집중해서 바라보게 한다. 나를 내 삶의 관찰자로 만들어준다. 삶 안에서 내가 누리고 있는 것, 내가 무심코 받고 있는 것, 내가 누리고 있는 풍요와 축복, 그 보물을 발견할 때의 밝고 따뜻한 느낌에 더욱 집중하게 해준다.

보물찾기하듯이 감사라는 게임에 집중하다 보면, 결국 그토록 내가 찾고 있었던 삶의 진실을 마주하게 된다. **나에게 너무나 완벽한 '지금 이 순간'이라는 진실을.**

그 어떤 감정도 감사 앞에서는 약자다. 감사는 따뜻하고 뜨거운 힘으로, 마음 속 모든 감정의 벽을 허물고 녹인다. 모든 것을 뒤덮는 가장 강력한 힘이 분명 감사에 있다.

평생 하고 싶은 나만의 놀이

　나는 독서를 좋아한다. 읽을 때 책의 내용에 공감하는 독서도 좋지만, 그 뜻을 한 번에 알 수 없어 책의 내용을 계속 생각하게 만드는 독서도 좋아한다. 그런 책을 읽으며 내용을 계속 곱씹고 이해하려 노력하는 순간들이 참 좋다.

　마이크로소프트를 그만두기 일주일 전, 팀 내 다른 여성 엔지니어와 회사 건물 지하에서 점심을 먹었다. 식당 이름은 버거비. 내가 제일 좋아하는 곳 중 하나다. 회사에 다니면서 전에 몰랐던 맛집을 알게 되는 것도 쏠쏠한 재미였는데, 버거비는 그런 재미를 준 곳이다. 회사 일에 지칠 때 버거비에서 세트 메뉴를 시켜 미팅룸에서 먹으며 나를 달래 주었던 기억이 아직도 생생하다. 그곳 버거는 나에게 따뜻한 힐링이었다.

　퇴사를 일주일 앞둔 어느 날, 그녀와 대화 중에 그녀는 나에게 회사를 그만두면, 무엇을 제일 먼저 하고 싶은지 물었다. 그리고 내가 무엇을 가장 좋아하는지도 물었다. 두 질문에 대한 내 대답은 정확히 일치했다.

"책을 마음껏 읽을 거예요. 요즘 정말 재밌게 읽고 있는 책이 있는데, 퇴근하고 나서만 읽으니까 책 내용이 자꾸 끊겨서 좀 그렇더라구요. 회사 그만두면, 우선 그 책부터 좀 실컷 읽고 싶어요. 질릴 때까지 읽고, 그 다음에 뭐할지 좀 생각해 보려고요."

"책을 정말 좋아하시나 봐요!"

"그 책이 정말 좋아요. 한 번에 이해가 잘 안 되니까, 일하면서도 자꾸 생각이 나요. 생각하다 보면, 어느 순간 아, 이게 이런 뜻이구나! 딱 와 닿을 때가 있는데, 그 순간이 진짜 너무 좋아요. 짜릿하다고나 할까... 그 내용을 제가 삶에서 적용할 때도 너무 신나고요. 회사 그만두고 시간이 많아지면, 그런 순간을 더 많이 만들고 싶어요!"

마이크로소프트를 그만둔 다음 날, 나는 개인 룸 하나를 빌려서 정말 밥 먹는 시간 빼고는 그 책만 읽었다. 책 하나가 이렇게 사람에게 행복을 줄 수 있다니! 하고 싶은 일을 마음껏 하니 숨 쉬는 공기 자체가 달라진 느낌이었다. 평생 하고 싶은 나만의 놀이. 나는 그걸 하고 있었다.

그리고 3년 만에, 나는 다시 그 책을 꺼내 들었다. 이번에는 좀 더 자세히 필사도 하면서 책과 만났다. 다시 만난 그 책은, 역시 나에게 최고의 시간을 선물해 주었다. 곱씹으면 곱씹을수록, 책의 한 구절 한 구절이 주옥같았다. 필사를 하며 책을 읽으니, 한 구절

한 구절 더 잘게 쪼개서 깊게 느낄 수 있었다. 그리고 그만큼 더 쉽게 기억되어, 삶에 적용하기가 쉬워졌다.

오늘도 나는 온라인 독서모임을 통해 달콤한 아침 독서를 했다. 날마다 하는 감미로운 독서를 통해 나는 오늘도 조금 성장했다. 그 조금의 성장이 모여, 어느 순간 돌아보면, 믿기 어려울 큰 삶의 변화를 만들어낸다는 것을 안다. 오늘 내가 뿌린 씨앗이 나중에 큰 열매가 되어 나에게 돌아온다는 것을 안다. 그래서 나는 오늘도 성실하고 부지런하게 나의 삶을 가꾸고 있다.

책을 통해 성장한 내 삶의 꽃은 활짝 피어날 날을 준비하고 있다. 그 설렘만큼 나에게 행복한 것은 없다. 활짝 핀 그날보다 어쩌면 그날을 맞이할 설레는 오늘이 더 행복할지도 모르겠다.

✨ 혹시 명상하세요?

"혹시 명상하세요?"

"그럼요. 엄청 좋아하죠! 시간 날 때마다 자주 해요."

구글에는 닌자 런치라는 제도가 있다. 시스템에 원하는 시간과 요일을 등록해 놓으면 무작위로 회사 내 동료 누군가와 점심 약속을 만들어주는 것이다. 나는 대부분 엔지니어들과 점심을 했다. 클라우드라는 회사의 신규 사업 팀에서 기술직이 아닌 파트너 세일즈 팀에 속해 일을 해서인지 언제나 엔지니어들은 내가 하는 일, 내가 속해 있는 팀에 큰 관심을 보였다. 하지만 이날은 달랐다. 명상 여행을 다녀온 직후인지 대화의 방향이 전과 달랐다.

점심 상대는 명상을 하는 엔지니어, 독서와 사색을 좋아하는 엔지니어였다. 그것도 전에 창업을 했고, 또 앞으로 창업을 하려고 퇴사를 준비 중이라는 점이 나와 비슷했다. 구글에서 주는 맛있는 점심 뷔페와 디저트, 커피까지 먹으며 우리는 서로의 관심사에 관해 얘기를 나눴다. 자유로운 시간과 공간에서, 내가 좋아하는 주제에 대해 얘기 나누는 것. 그것만으로도 그날 점심은 나에게 큰 축복이었다.

내가 명상을 처음 시작한 건 2018년, 친구의 추천으로 한남동에 있는 명상 센터에 함께 다니면서였다. 단순한 호기심에 시작한 수업이었지만, 첫날부터 마음속에서 환한 불꽃놀이를 하는 것처럼 정말 좋았다. 명상하는 시간도 좋았지만, 조용하고 차분한 분위기와 명상 중간중간 이어지는 강연이 좋았다.

우연히 한 입 먹어봤는데, '와, 이거 진짜 완전 내 스타일이야!' 하는 느낌이랄까. 소울푸드를 만난 것처럼 처음부터 정말 좋았다. 명상 수업을 마치고 한남동 근처에서 친구와 둘이 저녁을 하며 수업 내용에 대해 나눈 시간들은, 지금 생각해도 정말 달콤하다.

회사에 다니면서 일주일에 한 번 수업에 참여하기가 쉽지는 않았지만 빠지지 않고 들었다. 명상은 내게 일주일의 피로를 풀어주는 이벤트 같은 느낌이었기 때문이다. 매일 쳇바퀴 도는 느낌이었던 나에게 그런 이벤트는 꼭 필요했다. 그리고 그것이 바로 나에게는 명상 수업이었다. 강남의 북적거리는 빌딩 숲에서 한남동으로 장소를 옮기면, 내 마음도 덩달아 차분하고 조용해지는 것 같았다.

구글에서 일을 시작하면서, 아침에 일찍 일어나 20~30분 동안 앱을 들으며 혼자 명상을 했다. 아침을 차분하게 나만의 루틴으로 시작하는 것이 정말 중요하다는 생각이 들었기 때문이다. 일이 늘어나며 피곤이 쌓여가고 아침에 일어나는 것이 쉽지 않아질 때쯤, 매일 명상을 하고 느낀 점을 함께 나누는 모임에 가입했다. 그리고 아침 출근길에 버스 안에서도 명상을 했다.

좋아하는 프로그램인 〈고등래퍼〉에 나오는 랩을 들으며 명상을 하기도 했는데, 모임 주최자분께 '이런 음악을 들으며 명상을 해도 되는지' 묻기도 했다. 그분은 '명상이란 어떤 틀이 정해져 있는 것이 아니라 자신만의 방식으로 즐기면 된다'고 대답했다. 그리고 나는 알게 됐다. 명상이든 뭐든, 남의 틀을 그대로 따라가는 것이 아니라 나만의 스타일을 만들어가는 것이 중요하다는 것을. 내 스타일을 만들어가는 그 과정에 즐거움이 있다는 것을. 나만의 체험으로, 그 체험이 주는 느낌으로, 나의 삶을 만들어가는 것이 진정한 멋이라는 것을.

오키나와: 실패가 축복이 되다

2019년 4월, 오키나와에 갔다. 모르는 사람들과 같이 가는 명상 여행. 친구의 추천으로, 난생처음 명상을 콘셉트로 한 여행을 가기로 했다. 요가와 명상, 강의 등 다양한 프로그램이 제공되는 여행이었다. 당시 나는 회사 일로 많이 지쳐 있었다. 힐링이 필요했다. 멈춤과 비움, 그리고 명상이 간절히 필요한 시기였다.

자연에서 시원한 바람을 맞으며 하는 요가, 바다 앞에서 하는 명상은 평생 처음 해보는 짜릿한 경험이었다. 그것만으로도 이 여행은 큰 의미가 있었다. 하지만 나에게 더 큰 의미가 이 여행에 있었다.

나는 이 여행을 통해 내 과거를 놓아주고 내 과거를 치유하게 됐다. 그래서 더 가벼워졌다. 구름이 걷히면 자연스럽게 해가 빛나듯이 나는 과거를 놓아주고 눈부신 나를 만났다.

나는 항상 나를 '실패자'로 보는 버릇이 있었다. MBA를 졸업하고 창업했지만 결국 망했고, 이후에 다시 회사에 다녔다. 나는 인생에서 내가 실패했다고 생각했다. 결정적인 상황, 결정적인 순간에 나는 언제나 움츠러들었다. 세상에 당당하지 못했다.

오키나와 여행은 **내 삶의 모든 여정이 축복이었음을** 깨닫게 해주었다. 세계적인 영상 철학자, 디팩 초프라는 그의 저서 『바라는 대로 이루어진다』에서 나 자신에게 내가 왜 이 지구에 있어야 하는지, why에 대해 질문하라고 말한다. 나는 그 질문을 스물여덟에, 보스턴에서 처음 했다.

나는 취업이 되지 않아 MBA에 갔다. 하지만 MBA 과정 중에 갔던 보스턴이 준 영감 덕분에, '어떻게 취업할까'가 아니라 '삶을 어떻게 살아야 할까, 내 삶의 목적은 무엇일까?'에 대해 질문할 수 있었다. 나 자신을 깊게 살펴본 것은 그때가 처음이었다. 삶을 어떻게 사는 것이 가장 행복할까? 이때부터 나는 진정으로 나 자신을 위해 질문하기 시작했다.

취업이 되지 않았던 것은 나에게 큰 축복이었다. 보스턴에 다녀온 후에, 나 자신을 진실되게 만나는 축복을 삶에서 경험할 수 있었다. 좋은 책도, 명상도, 요가도 모두 그 후에 만났다. 이 모두를 나눌 수 있는 친구들도 말이다.

실패를 축복으로 바꾸고 나서, 나는 다시 나 자신에게 물어보았다.

'나는 이제 무엇을 줄까?'

'세상에 무엇을 줄 수 있을까?'

명상 중에 꽃이 서서히 피어나는 모습이 떠올랐다. 사람이라는 꽃이 활짝 피어나는 모습이었다. 사람들이 활짝 피어나게 하는 일을 하고 싶다는 생각이 들었다. 우리 존재가 활짝 피어나는 모습. 그래서 눈부신 기쁨과 사랑이 가득한 모습을 보고 싶다. 그렇게 나는 오키나와에서 눈부시게 다시 피어났다.

속초: 애쓰지 마, 선경아

나와 여동생에게는 둘만의 아지트가 있다. 바로 속초 바닷가다. 정확히 말하면 속초 바다가 한눈에 보이는 속초 라마다 호텔이다. 둘 중 한 명이 바다가 보고 싶을 때마다 우리는 여기를 찾는다. 호텔 창가에서 바다 풍경을 보며 먹는 초밥과 맥주는 정말 꿀맛이다. 우리 둘은 그렇게 자연을 보며 함께 힐링한다.

작년 5월 말, 우리는 함께 속초에 또 다녀왔다. 동생이 잠깐 밖에 산책하러 간 사이, 나는 바다를 바라보며 혼자 조용히 명상했다. 일이 많아져 정신없이 돌아가는 회사, 남자친구와 헤어진 기억까지 더해져 당시 나는 많이 지쳐 있었다. 그 순간은 나에게 명상하기 딱 좋은 시간이었다. 명상이든 요가든 자연과 함께하면 그 효과가 배가 된다는 것을 여러 프로그램을 통해 경험했기에 이 기회를 놓치고 싶지 않았다.

조용히 앉아 눈을 감고, 몸에 힘을 빼보았다. 창밖에서 들려오는 파도 소리에 귀를 기울였다. 조용히, 고요히. 침묵 속에서 나 자신과 마주했다. 침묵 속에서 더 없는 풍요를 느꼈다. 마치 따뜻한 엄마 품처럼 자연은 나를 맞아주었다. 마치 나의 모든 피로를 알고 있다는 듯이 나를 따뜻하게 위로해 주었다.

"애쓰지 마, 선경아. 지금도 잘하고 있어. 지금도 충분해. 지금까지도 정말 잘했어. 너무 애쓰지 마."

그렇게 바다는 내 마음을 따뜻하게 어루만져 주었다. 지금까지 충분히 잘해왔고, 더 애쓸 것 없다는 그 말 한마디가 어떻게 이렇게 내 마음을 가볍게 할 수 있을까? 지금 생각해도 참 신기한 일이다. 나는 그 한 번의 명상으로 무거웠던 마음을 내려놓을 수 있었다. 물먹은 솜처럼 무겁고 축 처져 있던 마음이 뽀송뽀송한 솜처럼 가벼워졌다.

나는 자연이 참 좋다. 자연을 산책하거나, 새 소리를 들으며 요가를 하거나 파도 소리를 들으며 명상을 하는 것이 참 좋다. **자연은 그 자체로 아름답고 따뜻하다.** 피로했던 마음을 자연은 깨끗이 씻어준다. 어지러운 마음 안에서 헤매고 있을 때면, **자연은 진짜 내가 누구인지 다시 기억나게 해준다.**

마치 **내가 간절한 마음으로 애쓰고 있는 모든 것이 이미 처음부터 내 것이었음을** 알려주는 것 같다. 절대 질 수 없는 게임에서, 아무것도 모른 채 이기려고 혼자 애쓰고 있는 어리석고 귀여운 나를, 자연은 언제나 따뜻한 마음으로 위로해준다. 그리고 진실을 명확히 알려준다. 항상 한결같다. 그래서 나는 자연이 정말 좋다.

나를 따뜻하게 안아주는 자연처럼, 나도 나 자신과 다른 사람들을 따뜻하게 안아주는 사람이 되고 싶다. 자연과 함께 하는 명상처럼, 따뜻한 위로와 진실을 알려주는 사람이 되고 싶다. 애씀 없이 자연스럽게 진짜 나 자신이 되어 삶이라는 선물을 마음껏 즐기고 싶다.

발리: 새로운 문이 열린 순간

"선경 님, 발리 같이 가실래요?"

2019년 10월 12일, 내 생일에 나는 발리 공항에 있었다. 두 번째 떠나는 명상 여행의 목적지는 발리였다. 오키나와를 추천해주었던 친구가 이번에는 발리에 함께 가자고 연락이 왔다. 고민하지 않고 따라나섰다. 처음 가는 동남아 여행, 그것도 내가 좋아하는 명상과 요가를 함께 할 수 있는 여행이라니! 마다할 이유가 없었다. 그렇게 나는 발리로 가는 비행기에 몸을 실었다.

공항에서 한 시간쯤 차로 달려 호텔에 도착했다. 자연과 잘 어우러진 수영장이 딸린 시원한 호텔이었다. 친절한 현지 직원들과 처음 맛보는 맛있는 식사까지 그야말로 천국이 따로 없었다. 열다섯 명 남짓한 클래스에서 동양인은 나와 친구, 단 두 명뿐이었다. 명상 클래스에 함께 참여하는 사람들도 모두 친절했다.

미국, 캐나다, 호주, 스위스 등 각국에서 온 사람들과 아침과 저녁, 하루 2차례 요가와 명상 수업을 들었다. 우리는 마음껏 힐링하고 자신을 충전했다. 특히 청량한 아침 햇살을 맞고 새 소리를 들으며 야외에서 하는 아침 요가는 그야말로 꿀이었다. 지상에 천국이 있다면 바로 이곳이었다.

자연을 느끼며 요가 동작에 몸을 맡기면 폭신한 편안함과 함께 새로운 영감도 찾아왔다. 클래스에서 가장 기억에 남았던 것은, **'나 자신을 조건 없이 사랑해야 다른 사람도 조건 없이 사랑할 수 있다'**는 요가 선생님 말씀이었다. 책에서 많이 봤던 구절이지만, 그때 발리에서 느낀 영감은 남달랐다. 내 마음속 깊이 잠들어 있던 어떤 열망을, 그 하나의 문장이 꺼내어준 느낌이었다.

그 이후, 나는 발리의 수영장 앞 거실에서 따스한 햇볕을 맞으며 풍요일기 프로젝트를 시작했다. 하루 10개씩, 내가 삶에서 받은 풍요와 축복을 찾아 블로그에 나누는 프로젝트였다. 그리고 풍요일기 프로젝트가 도화선이 되어 글을 쓰는 토글스 프로젝트에도 참여하게 되었다.

나의 글은 발리에서 시작됐다. 따스한 빛, 새소리가 주는 자연의 평온함, 푸른 나무가 주는 싱그러움 안에서 나는 내가 사랑하는 일을 드디어 시작하게 되었다. 내 인생의 새로운 장, 새로운 문이 열리는 순간이었다.

조건 없이 나 자신을 사랑해야 다른 사람도 사랑할 수 있다는 말을 삶에서 실현하고 싶었다. 조급하고, 가끔은 불안한 나 자신을 사랑하고 싶었다. 지난 실패에 움츠러들고, 망설이는 나, 매일의 평온을 유지하지 못하고 무너지는 나 자신을 사랑하고 싶었다.

나 자신을 조건 없이 사랑하는 삶, 그렇게 사랑으로 자연스럽게 삶이 물드는 그런 삶을 맛보고 싶었다. 지금 이 생애에서, 지금 이 순간을 절대로 놓치고 싶지 않았다.

지금 충분한 것, 지금 가지고 있는 것, 지금까지 누려온 것들에 집중하며 느끼는 축복과 기쁨은 모두 발리에 있었다. 내가 돌아가고 싶은 곳, 내가 보고 싶었던 진짜 나, 그 모든 것이 그 곳, 발리에 있었다.

게임은 즐기는 것이다

'그래, 넘어질 수 있어. 괜찮아. 얼마든지 오라고 해. 나는 분명 다시 일어설 거야. 힘들면 조금 쉬었다 가도 돼. 포기만 안 하면 돼.'

오키나와 명상 프로그램에 갔을 때의 일이다. 여행 프로그램답게, 명상도 하고, 중간에 명상을 가르쳐주는 코치님과 식사도 했다. 그때, 평소에 갖고 있던 고민을 코치님과 나누었다.

"포럼도 하고, 명상도 하고, 책도 많이 읽고… 여러 프로그램을 들으면서 진짜 제 자신을 경험한 적이 많았거든요. 근데 중요한건, 그게 오래 가지 않는다는 거예요.

아예 모르면 상관이 없는데, 머리로는 잘 알고 있는데, 오래가지 않으니까 너무 힘들어요. 지금도 그래요. 분명 좋은 프로그램 들었으니까 깨닫긴 할 텐데, 한국에 돌아가면 다시 예전으로 돌아갈 거라는 걸 아니까…. 그냥 제 자신을 포기하게 돼요. 이런 좋은 프로그램을 들어서 무슨 소용이 있나…"

"와, 그렇게 좋은 프로그램을 많이 들으시고… 좋은 경험을 정말 많이 하셨네요. 그런데 그 좋은 경험을 하고 깨달음을 지속하지 못하는 나를 원망하는 마음이 큰 것 같아요. 나를 탓하는 마음보다, 그런 좋은 경험을 할 수 있었던 것에 감사한 마음을 더 가져보면 어떨까요?

누구나 그래요. 넘어졌다 다시 일어나고, 흐트러졌다가 다시 중심을 잡고… 시소게임 하듯이요."

'그래, 누구나 그렇구나. 그 게임을 즐기는 게 중요한 거야. 나에게 완벽함을 기대하지 말자. 항상 잘해야 한다고 강요하지 말자. 한 사람의 생애에 이렇게 좋은 경험을 많이 할 수 있었던 것에 감사하자. 감사하는 마음이 좋은 것을 더 끌어당기잖아!'

그때부터 나는 나 자신에게 여유가 생겼다. 나를 따뜻하게 다독이며 가는 법을 배운 것이다. 이제 나 자신을 충분히 믿고 기다려줄 수 있다. 그 인내와 여유를 나이가 들며 조금씩 배워간다. 나 자신을 함부로 대하면, 결국 이 길을 계속 갈 수 없고 포기할 수밖에 없다는 것을 알게 되었기 때문이다.

빨리 성공하는 것보다 중요한 것은 충분히 즐기며 가는 것이다. 나에게는 성공한 그 순간보다 성공을 위해 가는 순간순간이 모두 소중하다.

"선경아, 오래 기다린 만큼 반드시 네 꿈을 이룰 거야. 넌 그럴 자격이 있어."

요즘은 나 자신에게 이 말을 많이 해준다. 마음에 차곡차곡 탑을 쌓듯이 포인트를 쌓는다. 나 자신에 대한 격려와 희망이라는 작은 씨앗을 매일 마음에 심으면, 분명 큰 열매를 맺을 것이다.

인생이라는 게임을 파도 타듯 신나게 즐기는 나를 나는 응원한다. 나는 나를 있는 모습 그대로 사랑한다. 실수하고 넘어져도, 언제 그랬냐는 듯 다시 씩씩하게 일어서는 나를, 완벽하지 않아도 있는 그대로 사랑스러운 나를 진심으로 사랑한다.

8장
돈은
신의 다른
이름이다

난 충분히 있을 거야

첫 아기를 임신한 아내가, 남편이 몇 달 뒤 회사에서 나와야 한다는 소식을 들으면 어떤 기분일까? 실제 내가 그랬다. 예전의 나라면, '역시 난 돈 때문에 평생 힘들 운명이구나. 정말 복도 없지.' 하면서 몸져누웠을 것이다.

지금의 나도 그런 생각을 한다. 하지만 빨리 스위치를 바꾼다. 그 생각이 내가 아니라는 것을 알기 때문이다. **생각에 빠지는 대신에 생각을 바라본다.** 그리고 나에게 질문한다.

'어떻게 하면 지금 이 상황을 축복으로 바꿀 수 있을까?'

그리고 나와 남편은 그 상황을 축복으로 만들었다. 이직 덕분에 상상하지 못했던 풍요를 삶에 끌어당겼기 때문이다. 나는 그 사건을 통해 내가 정말 많이 변화했음을 알 수 있었다.

돈과 다시 만난 후, 내가 가장 크게 달라진 점은 무엇일까? 삶에서 점점 돈 때문에 스트레스를 받는 상황이 사라졌다.

'난 널 위해 충분히 있을 거야. 걱정 마. 난 항상 있어.'

마치 돈이 이렇게 말하는 듯하다. 예전 같으면 엄청 힘들었을 상황이 이제는 별것 아닌 것, 그리고 더 나아가 삶의 기회이자 축복으로 느껴진다.

내가 돈을 통해 얻고 싶었던 것은 '**삶은 안전하다**'는 느낌, '**삶에게 사랑받고 있다**'는 느낌이었다. 돈에 대해 걱정하지 않고 불안해하지 않는 것이었다. 내가 한 선택은 반드시 이루어진다는 바로 그 느낌이었다. 그리고 돈을 다시 들여다본 덕분에, 나는 그 느낌을 손에 쥐었다.

영혼은 안다. 내가 안전하고 충분히 사랑받고 있다는 것을. 앞으로도 돈이 내 곁에 충분히 있을 것임을. 나의 기쁨과 열정을 돈이 더 이상 방해하지 않을 것임을. 돈이 완벽한 내 편이라는 사실을.

돈을 바라보는 내 눈에는 엄마, 아빠가 묻어있다. 사회의 고정된 관념도 묻어있다. 나의 과거도 묻어있다. 그렇다면 그것을 모두 떼어내면 어떻게 될까?

진짜 돈을 만난다. 그리고 진짜 돈이 주는 선물이 바로 그 느낌이다. 삶은 내 느낌대로 흐른다. 하나를 바꾸면 모든 것이 바뀌는 것처럼, 그러한 느낌을 바꾸면 내 삶 전체가 바뀐다. 분주히 움직이지 말고 고요히 그 느낌을 바꿔야 한다. 그것이 전부다.

미.고.이: 미안해. 고마워. 이미 내 것

'미안해. 고마워. 이미 내 것.' 내가 그동안 돈을 여행하며 얻은 핵심 중의 핵심이 바로 이것이다. 이것은 '진짜 돈'에 접속하는 비밀번호다. 진짜 돈과 만나는 법은 이 3단어로 요약된다. 하나씩 들여다보자.

미안해

돈이 문제가 아니라 내가 문제였다는 것을 깨닫는 단계다. 돈은 문제가 없었다. 돈은 그저 내 마음의 거울이었을 뿐이다. 거울에 비친 모습을 보고 아무리 화를 내봤자 소용이 없다. 거울을 비추는 나를 바꿔야 한다. 내가 바뀌어야 한다. 삶의 모든 문제가 그렇듯, 돈도 '내'가 '바뀌어야' 한다.

나를 바꾸어 삶을 바꿔나가는 것, 나의 현실에 책임을 지는 것은 우리가 반드시 가져야 할 덕목이다. 돈을 원망하던 눈에서 벗어나는 것이 첫걸음이다. 이것을 깨달으면 자연스럽게 돈에서 나에게 초점을 맞출 수 있다.

나에게 초점을 맞춘 후에는 돈에 붙어있던 감정들을 하나씩 떼어낸다. 수치심, 죄책감, 열등감, 패배의식, 무력감... 포스트잇을 떼어내듯 하나씩 즐겁게 떼어낸다. 돈에 붙어있는 나의 감정을 떼어내면, 그때부터 진짜 돈이 보이기 시작한다.

고마워

감정들을 떼어내면, 돈의 진심이 보이기 시작한다. '난 널 정말 기쁘게 하고 싶어.' 나에게 기쁨을 주고 나를 행복하게 하는 것이 돈의 목적이다. 돈은 처음부터 나를 힘들게 하는 것에는 관심이 없었다.

돈이 나에게 주는 기쁨에 눈 뜨면 내가 사는 세상이 달라진다. 감사와 기쁨이 차곡차곡 쌓이면서, 돈을 보는 나의 렌즈가 완전히 바뀐다. '돈이 날 도와주고 있구나. 돈이 날 정말 사랑하고 있었구나' 깨달은 순간, 세상에 닿는 공기가 달라진다.

돈의 다른 이름은 '사랑'이다. 내가 사랑이듯이, 내 삶의 목적이 사랑이듯이, 돈 또한 사랑이다. 그 진실이 완전히 내 가슴에 닿으면, 돈은 쉬워지고 자연스러워진다. 그리고 삶이 안전해진다. 세상이 따뜻해진다. 받고 싶던 세상에 이제 무언가를 주고 싶어진다. 내가 하던 일의 향기가 바뀐다.

이미 내 것

이제는 선택만 하면 된다. **절대 실패할 수 없다는 느낌. 결과에 대한 확실한 앎**은 이 여행이 주는 선물이다. '이미 가졌다고 생각하고 움직여봐!' 래퍼 비와이의 랩 가사처럼, 이제 움직이기만 하면 된다. 행동이 이 여행의 마지막 마침표다.

사랑이 주는 행동은 즐겁고 자연스럽다. 사랑은 겁이 없다. 두려움이 없다. 결과는 물이 위에서 아래로 흐르듯 당연하다. 결과가 없고 싶어도 없을 수가 없다.

사랑은 가볍다

삶이라는 게임에서 확실히 지는 방법이 있다면, 그것은 무엇일까? 윷놀이의 '빽도' 같은 것이 있다면? 바로 힘을 주는 것이다.

'반드시 잘해야 해. 안되면 절대 안 돼. 꼭 해내야만 해.'

반대로, 확실히 이기는 법은 '힘을 빼는 것'이다. **나를 무겁게 하는 생각들을 놓아버리고, 즐기는 것이 삶의 '윷'이요, '모'다.**

무엇이든 내가 중요하다고 생각하면, 반드시 힘이 들어간다. 그래서 가벼워지는 것이 중요하다. 돈 또한 마찬가지다. 돈이 나에게 중요하면 중요할수록 나는 힘이 들어간다. 그러면 즐길 수 없다. **힘을 빼고 나를 붙잡고 있는 생각을 놓으면, 나는 본래의 존재, 사랑으로 돌아간다.**

두려움은 나를 무겁게 한다. 결과에 집착하게 한다. 나를 지치게 한다. 반면에 사랑은 나를 가볍게 한다. 나에게 힘을 준다. 나를 끝까지 포기하지 않게 한다.

돈은 종이에 깃든 사랑이다. 그리고 나는 몸에 깃든 사랑이다. 내 안의 사랑을 세상에 펼치면, 돈은 반드시 나를 따라오게 되어 있다. 사랑은 사랑을 따라온다.

중요한 것은, 사랑을 펼치는 이 모든 과정을 즐기는 것이다. 놀이터에 온 아이가 인상을 찌푸리고 심각하게 노는 것을 본 적이 있는가? 삶은 숙제가 아니다. 삶은 내가 해내야 할 미션이 아니다. **삶은 즐거운 놀이다.**

힘이 들어간 나를 가볍게 하는 법. 그것이 바로 미라클 노트다. 미라클 노트를 만나면, 기분이 좋아진다. 감사하면서 기분이 나빠질 수는 없다. 나를 붙잡던 생각을 놓아버리는데, 기분이 좋아지지 않을 수는 없다.

'잘 하지 않아도 돼. 꼭 해내지 않아도 돼.'
'그냥 즐기자. 그게 진짜 너야.'

사랑과 즐거움. 그것이 우리가 이 지구에서 느껴야 할 감정이다. 우리는 두려움이 아니다. 나에게 붙어있는 두려움을 떼어내자. 가벼워지자. 즐겁게 행동하자. 삶은 달콤하다. 그 달콤함이 삶의 진짜 본질이다.

당신이 가장 귀하다

내가 낳은 아이가 있다. 나를 통해 세상에 나온 아이를 어느 날 갑자기 보지 못하게 된다면 내 기분이 어떨까? 많이 힘들고 고통스러울 것이다. 세상이 원망스러울 것이다. '어떻게 하면 내 아이를 다시 만날 수 있을까' 하는 생각만 머릿속을 맴돌 것이다.

창업에 실패하고 난 후에 내가 그랬다. 분명 내 일이 확실한데, 도대체 무엇 때문에 나는 실패했을까? 왜 나는 내가 사랑하는 일을 하지 못하게 된 걸까? 왜 나는 지금 그 일과 헤어지게 된 걸까? 회사에 다니게 된 후에도 그 생각이 머릿속을 떠나지 않았다.

다시 내 일을 하고 싶었다. 오래 걸려도, 많이 아파도, 꼭 하고 싶은 일. 진짜 나로 살게 해주는 일. 나의 뜨거운 열정이 솟아나는 일. 그 일이 소중했다. 다시 꼭 찾고 싶었다.

첫 창업에 실패한 원인은 나를 보지 않았기 때문이다. 나는 '무엇을 할 것인가?'는 생각했지만, '나는 누구인가?'는 보지 않았다. '내가 하는 일'보다 중요한 것은, '내가 누구인가'이다. 어떤 일이든 마찬가지다. 일을 만드는 것은 그 일을 하는 사람이다.

나는 내 안에 무엇이 있는지 들여다보지 않았다. 내 안의 상처와 결핍을 그럴듯한 스펙과 꿈으로 예쁘게 포장했다. 마치 오래된 습관처럼 내 안의 아픔을 무시했다. 그 상처와 결핍을 들여다보고 치유하면, 나의 꿈은 쉽고 자연스럽게 이루어진다는 것을 예전에는 알지 못했다.

그 결핍은 결국 돈으로, 빚으로, 가난에 대한 두려움으로 내 삶에 모습을 드러냈다. 내 마음속 깊은 곳에서 잠들어 있던 결핍이 드디어 고개를 든 것이다. 나는 그때서야 비로소 나를 들여다보기 시작했다. 내 안의 무엇이 이 현실을 만들어냈는지 직면할 용기를 냈다. 직면하지 않고서는 한 발짝도 앞으로 나아갈 수 없을 때야 나를 보기 시작한 것이다.

좀 더 일찍 내 안의 결핍을 마주했더라면, 좀 더 일찍 나의 상처를 보듬어주었더라면, 좀 더 일찍 내면 여행을 시작했더라면 지금의 내 인생은 어떻게 달라졌을까?

나는 이 글을 읽는 독자들이 그 여행을 좀 더 일찍 시작하기를 바란다. 나처럼 뼈아픈 실패를 경험하지 않기를 바란다. 이왕이면 아픔 없이 바로 꿈을 현실로 만나기를 바란다. 이 책이 존재하는 이유는 바로 그것이다.

결핍과 상처는 어떻게든 삶에 모습을 드러낸다. 실패를 맛보기 전에, 좀 더 여유롭게 즐기며 나를 들여다보면 어떨까? 내면 여행은 즐거운 것이다. 그리고 그 결과는 확실하다.

나를 아는 것. 실패를 축복으로 만드는 것. 결핍과 상처를 나의 자산으로 바꾸는 것. 그것이 내면의 힘이다. 그리고 그 힘은 내면 여행을 통해 길러진다. 그 힘이 생기면, 나는 더 이상 삶을 힘겹게 끌고 가지 않는다. 삶이 알아서 보여준다. 나는 보여주는 그대로 즐기며 따라갈 뿐이다.

돈은 마음의 중심이 잡힌 사람에게 다가온다. 나를 알면, 중심은 스스로 잡힌다. 그리고 그 결과로 **돈이 나를 따라온다**. 그렇게 애써도 잡히지 않던 돈이, 내가 중심이 잡힌 순간에 알아서 나를 따라오기 시작한다.

내면 여행의 마지막에 마주하는 가장 중요한 진실은 이것이다.

'나는 귀하다. 그리고 내가 그렇듯 돈 또한 귀하다. 돈을 고귀하게 대하자. 그것이 돈뿐만 아니라 나를 귀하게 대하는 방법이다.'

돈에게 듣고 싶은 말

"넌 네가 원하는 대로 살 자격이 있어."

돈이 만약 사람이라면, 이것이 내가 돈에게 듣고 싶은 말이다.

앞에서 이야기한 '미안해, 고마워, 이미 내 것'의 과정에서 가장 중요한 것은 무엇일까? 그중 꿈을 이루는 지름길이 있다면 바로 '이미 내 것'이다. 이미 그것이 내 현실인 것처럼 느낄 수 있다면 반드시 그 꿈은 이루어진다.

다만 이것이 어렵다. 이루어진 것처럼 아무리 느끼려고 해도 잘 느껴지지 않는다. 이미 부자인 것처럼 풍요를 느끼려고 해도, 내 안에 그것을 방해하는 것이 많으면 잘되지 않는다. 방해하는 그것을 먼저 깨끗이 치워야 한다.

우리는 돈을 돈 그대로 보지 않는다. 돈에는 내가 묻어있다. 돈에 대한 내 감정에는 내가 모르던 많은 내가 숨어있다. 나를 들여다보는 용기, 나를 받아들이는 용기, 나를 사랑하는 용기, 돈에 묻은 것을 씻어내는 것이 바로 그 용기다. 그 모두를 씻어내면 그

제야 진짜 돈이 말한다.

"넌 안전해. 걱정할 것 없어. 넌 네가 원하는 대로, 살 자격이 있어. 충분해."

나는 이미 '충분하고 완벽하다'는 그 진실을 이제 돈이 나에게 말해준다. 나는 충분하고 완벽하다. 나의 삶이 세상에서 가장 아름다운 작품이다. 이제 나는 그 안에서 즐기면 된다. 돈이 나를 도와줄 것이다.

나에게는 나만의 속도가 있다. 나만의 흐름이 있다. 남과 비교하지 않고 나의 속도와 흐름을 따른다면, 삶의 모든 것이 즐겁다. 돈 또한 마찬가지다. 돈은 애쓰는 것이 아니다. 돈은 힘들지 않다. 쉽고 편안하다.

두려움은 힘들다. 그리고 불편하다. 내가 돈을 두려워할 때 느꼈던 감정이 바로 그것이다. 이제 힘을 빼고 나를 좀 풀어놓아도 된다. 사랑은 힘들지 않다. 사랑은 편안하다. 따뜻한 물에 몸을 담글 때의 느낌처럼 돈은 편안함 그 자체다.

돈에 대해 들여다본 덕분에, 나는 내가 아닌 것을 버리고 진짜 나를 만나게 되었다. 돈이 즐거워졌고 쉽고 가벼워졌다. 가슴 뛰는 일과 풍요가 이미 내 것임을 알게 되었다. 이제 내가 달려가지 않아도, 마치 자석처럼 나의 미래가 펼쳐질 것임을 안다.

삶은 처음부터 무겁고 어렵지 않았다. 내가 무거웠을 뿐, 삶은 즐겁고 가벼웠다. 이제 그 진실을 뿌리 깊이 새기고 놓치지 말아야겠다.

9장
누구나
두려움과
춤추는
세상

두려움이 뭐예요?

"두려움은 어떻게 생겼어요?"

"음… 두려움은 눈에 보이지 않아. 네 머릿속에만 존재하지. 너 자신에게 어떤 말을 하는 거야. 내가 할 수 있을까? 잘못하면 어떡하지? 실패하면 어떡하지? 이런 말들… 네가 꿈에 가까이 가지 못하게 널 붙잡는 거야."

나는 세상에서 가장 위대한 일이 바로 이 '머릿속 목소리'의 발견이라고 생각한다. 내 안에 나를 붙잡는 생각이 있음을 알고, 이 생각이 진짜 내가 아님을 발견하는 것이 세상에서 가장 가치 있는 일이라고 생각한다. 이것이야말로 당신의 삶을 완전히, 그리고 즉시 바꿀 수 있기 때문이다.

두려움의 영향으로부터 완전히 벗어나면, 나는 어떻게 달라질까? 내 안의 두려움에 붙잡히지 않고, 두려움을 즉각 알아볼 수 있다면? 그 두려움에게 '어서 와! 잘 왔어! 널 기다리고 있었어!'라고 말하며 손 내밀 수 있다면? 선택한 모든 것을 삶에서 경험하는 사람이 될 것이다.

두려움을 끊어내는 방법은 간단하다. 첫째, **두려움을 알아보자.** 둘째, **두려움을 안아주자.** 알아보고, 안아주면 된다. 이처럼 간단하다.

두려움에 붙잡히는 가장 큰 이유는, 알아보지 못하기 때문이다. 그리고 알아보지 못하는 이유는 두려움이 눈에 보이지 않기 때문이다. **두려움을 볼 수 있도록 손으로 쓰고 눈으로 보는 것이야말로 두려움을 끊어내는 첫 단계다.** 있는 그대로 솔직하게 두려움을 드러내면, 두려움이 내가 아님을 알게 된다. **진짜 나는 두려움을 바라보는 존재임을 알게 된다.**

우리는 두려움을 경험하고, 그 두려움을 뛰어넘기 위해 이 세상에 왔다. 두려움은 나의 적이 아니다. 진짜 내가 누구인지 알려주는 고마운 친구다. 두려움과 뜨겁게 손잡을 때, 우리는 비로소 두려움의 영향에서 벗어날 수 있다.

"아, 지금 두려움이 또 말하고 있구나. 잘 왔어. 와줘서 고마워!"

두려움이 당신에게 말할 때, 여유롭게 맞이하자. 두려움은 당신이 아니다. 두려움을 반갑게 맞이하는 이 존재가 바로 당신이다. 두려움을 반갑게 맞이하는 용기를 낸다면, 삶에서 두려움의 힘은 줄어든다.

여기에 '두려움이 나'라는 믿음, '머릿속 목소리가 나'라는 믿음을 버린다면 두려움은 완전히 사라진다. 두려움이 완전히 사라진 존재. 바로 그 존재가 진짜 당신이다.

널 기다리고 있었어

'내가 정말 할 수 있을까? 정말 꿈을 이룰 수 있을까?'

'할 수 있어, 포기하지 않으면 분명 언젠가 될 거야.'

'정말? 정말 내가 가능할까? 지금까지 계속 안 됐는데... 계속 노력해도 안 됐어.'

'지금까지 안 됐으니 이제 되지 않을까? 지금까지 노력한 게 분명 빛을 볼 때가 있을 거야.'

'정말 그럴까? 이렇게 안 되는 거 보면, 그냥 처음부터 안되는 거 아니었을까?'

'음... 또 약해지는구나.'

'정말 계속 이 길을 가는 게 맞는 걸까?'

'역시 넌 어쩔 수 없어.'

우리는 끊임없이 자신과 대화를 한다. 그중에는 꿈을 향해 나아가지 못하도록 나를 두려움으로 꽁꽁 묶는 대화들이 있다. 이런 내 안의 생각들을 끊어내려면 어떻게 해야 할까?

생각에 묶이는 법은 간단하다. 생각을 붙잡고 **생각과 싸우면 된다**. 생각을 바꾸려 하면 할수록 나는 그 생각과 하나가 된다. 생각과 싸우면 반대로 그 생각과 하나가 될 수 있다.

반대로 그 생각을 따뜻하게 감싸 안으면 어떻게 될까? 나를 괴롭히는 그 생각에 진심으로 '고마워, 사랑해!'라고 말한다면?

> '내가 정말 할 수 있을까? 정말 꿈을 이룰 수 있을까? 안되면 어떡하지?'
>
> **'두려움아, 또 왔구나! 널 기다리고 있었어. 나에게 와줘서 고마워. 정말 잘 왔어.'**

나는 생각과 완벽히 분리된다. 나는 이제 더 이상 그 생각이 아니다. 생각의 영향을 받지 않는다. 생각을 바라보는 존재가 된다.

내가 두려움이라고 말하는 모든 것은, 내 생각 속에 있다. 두려움에서 벗어나는 방법은 간단하다. 두려움을 두려움이라 이름 붙이고 정확하게 알아보는 것. 그리고 그 두려움을 있는 그대로 존중하고 따뜻하게 사랑하는 것이다.

두려움을 두려움이라 이름 붙이는 순간, 두려움에서 벗어날 수 있는 문이 열린다. 따라서 두려움을 정확하게 알아보는 것이 중요하다. 그리고 그 두려움을 바꾸려는 대신 존중해준다. 두려움과 싸우는 대신 따뜻하게 안아준다.

생각을 그저 바라보는 것. 생각에 묶이지 않는 것. 생각이 내가 아님을 확실하게 아는 것. 생각과 즐겁게 노는 것. 생각에 붙잡히지 않고 영혼의 느낌대로 움직이는 것. 그것이 바로 지금 이 삶에서 자유롭게 노는 방법이다.

고마워, 사랑해

나는 스파를 좋아한다. 지친 내 몸을 따뜻한 물로 감싸 안아 주는 그 순간, 긴장됐던 모든 근육이 부드럽게 풀어져 진짜 나로 돌아오는 그 순간을 사랑한다. 미라클 노트는 나에게 스파와 같다. 이리저리 생각들에 휘둘려있던 나를 다시 나의 중심으로 되돌아오게 하기 때문이다. 다시 내 중심을 찾았을 때의 그 느낌, 그 안정감, 그 따뜻함을 나는 사랑한다,

10년 전의 나와 지금 나의 가장 큰 차이는 생각을 다루는 방식이다. 지금의 나는 생각들과 싸우지 않는다. 생각에 맞서지 않는다. 생각을 애써 바꾸려 하지 않는다. 애쓰지 않는 대신 오히려 힘을 뺀다.

'넌 안돼. 실패할 거야. 니가 무슨... 어차피 안될 거니까 하지 마. 그게 정말 되겠어?' 같은 생각들이 찾아오면, 나는 조용히 속으로 말한다.

'생각들아, 또 왔구나. 와줘서 고마워. 너를 있는 그대로 존중해. 사랑해.'

10년 전 나는 열정적이고, 똑똑하고, 용감했지만, 생각을 잘 다루지 못했다. 생각을 믿었다. 생각을 믿었기에, 애써 생각을 없애려 노력했다. 그리고 생각과 꿈 사이에서 진지하게 고민했다. '무엇이 진짜 나일까?'

지금의 나는 생각을 믿지 않는다. 그 대신 생각을 잘 다룬다. 꿈과 함께한 10년의 시간이 나에게 준 선물은, **생각이 진정한 내가 아니라는 분명한 앎**이다. 생각은 나에게 왔다 갈 뿐이다. **생각이 나에게 말하는 것이 나에 대한 진실이 아니라는 것**을 알고 나서 나는 생각을 믿지 않게 되었다. 나는 그저 생각을 흘려보내는 것, 나에게 온 생각을 나에게 유리한 방향으로 활용하는 것에 중점을 둔다.

나에게 온 생각들에 진심으로 '고마워, 사랑해'라고 말하는 것. 생각들과 맞서 싸우지 않고, 생각들과 함께 뜨겁게 춤추는 것. 나의 상처와 결핍이 드러나는 순간을 피하지 않고, 그 순간을 즐기는 것. 딱딱한 껍질 뒤에 숨겨져 있던 연약하고 여린 나를 따뜻하게 안아주는 것. 이 모든 것이 미라클 노트가 나에게 준 선물이다.

삶은 안전하지 않다는 환상. 나는 부족하다는 환상. 지금의 나는 충분하지 않다는 모든 환상은 내 생각 속에 있다. 그리고 그 생각은 세상에 태어났기에 우리 모두가 가진 것이다. 하지만 진짜 내가 아닌 것, 나를 붙잡는 그 생각들을 믿는 것과 믿지 않는 선택권은 나에게 있다.

미라클 노트는 나에게 선택할 힘을 준다. **나의 생각을 선택할 힘, 더 나아가 내 삶을 선택할 힘, 나의 삶을 창조할 힘을 준다.** 생각에 붙잡히지 않고, 나의 삶을 꿈꾸는 대로 만들어갈 수 있는 진정한 삶의 기쁨을 준다.

나는 있는 그대로 완벽하다는 진실. 삶은 안전하다는 진실. 잠시 잊고 있었지만, 언제나 그 자리에 있었던 그 진실로 나를 이끌어준다. 긴 여정을 돌고 돌아 다시 집으로 돌아온 느낌, 편안하고 따뜻한 그 느낌을 선물해준다.

지금 이 순간, 완벽한 나. 그리고 완벽한 나의 삶. 그토록 찾고 찾았던 그 완벽한 진실로 나를 데려다준다.

두려움까지 사랑하는 완벽한 사랑

끊임없이 나를 흔드는 모든 두려움이 사라진다면, 내 안에 과연 무엇이 남을까? 아무것도 남지 않는다. 그리고 그 텅 빈 자리에 '나에 대한 진실'이 자리 잡는다.

나는 두려움이 아니다. 생각이 말하는 그 모든 두려움은 나에 대한 진실이 아니다. 진짜 나는 사랑이다. 두려움까지도 사랑할 수 있는 완벽한 사랑. 그것이 나에 대한 진실이다. 두려움을 완벽히 끊어내기 위해서는, 이런 **나에 대한 정확한 앎**이 있어야 한다.

두려움이 존재하는 이유는, 저 깊이 묻혀있는 진짜 나를 드러내기 위해서다. 두려움 뒤에 감춰진 진짜 나. 그 어떤 결핍도 없는 그 자체로 완벽한 나. 따뜻한 사랑과 뜨거운 열정이 가득한 나. 두려움 뒤에 진짜 내가 숨어있다.

그런 나를 두려움에서 꺼내오는 것은 나의 몫이다. 두려움 뒤에 숨어있을 것인가, 두려움을 걷어내고 진짜 나로 살 것인가? 선택은 내 몫이다.

진짜 내가 누구인지 정확하게 알면, 두려움 앞에서 흔들리지 않을 수 있다. 두려움을 붙잡지 않고 놓아줄 수 있다. '또 왔구나, 잘 왔어! 기다리고 있었어.' 여유롭게 환영할 수 있다. 나의 소중한 꿈을 두려움 앞에서 놓치지 않을 수 있다.

꿈의 여정에는 나에 대한 진실이 숨어있다. 과감하게 첫발을 내딛자. 그리고 끈질기게 나의 길을 가자. 꿈이 소중한 이유는, 그 길 안에 나에 대한 진실이 있기 때문이다. 삶을 창조하는 눈부신 가능성, 모든 실패를 과정으로 만들어 버리는 강한 정신력, 꿈꾸는 대로 살 수 있는 완벽한 창조력. 꿈의 길에는 나와 삶에 대한 진실이 있다.

나를 바꾸면 삶이 바뀐다. 그리고 세상이 바뀐다. 두려움에 붙들려 꿈의 손을 잡지 않는다면 절대 이 진실을 알 수 없다. 미라클 노트는 꿈의 손을 잡게 한다. 그리고 어떤 순간에도 그 손을 놓지 않게 한다. 당신이 그토록 찾고 찾았던 소중한 진실로 당신을 이끌어준다.

당신은 그 진실을 알기 위해 여기에 왔다. 그러므로 반드시 지금 이 생애에서, 그 진실을 맛봐야 한다. 당신이 꿈을 선택하면, 그 진실은 이미 당신 것이다. 이제 즐길 일만 남았다.

저 밑바닥에서 맨 꼭대기까지

완벽한 자기 치유를 위해 걸리는 시간은 얼마일까? 하루? 1년? 5년? 10년?

예전의 나는 1년, 혹은 2년이면 될 것이라 생각했다. 하지만 지금은 평생이 걸린다고 생각한다. 생각보다 더 걸려서 오히려 나는 기쁘다. **자신을 치유하고, 변화하고, 성장하는** 그 달콤함을 오랫동안 맛볼 수 있기 때문이다.

'왜 나에게는 이렇게 똑같은 일만 반복될까? 왜 똑같은 생각을 하고 똑같은 노트를 쓰는 걸까? 도대체 바뀌고 있는 거 맞나?'

아무리 발버둥 쳐도 나는 안되는 것 같은 느낌, 아무리 노력해도 삶이 그대로인 것 같은 느낌. 미라클 노트를 쓰며, 나는 내 삶이 싫고, 나 자신이 바보처럼 느껴질 때가 있었다.

'나 별것 아니야! 얼마든지 넘어질 수 있어. 나한테 너무 큰 기대를 하지

말자.'

어느 날부터 나는 나 자신이 별것 아니라고 생각하기로 했다. 넘어지는 나도 사랑하기로 했다. 나에 대한 기대를 내려놓으니 마음이 편안했다. **넘어지는 나에 집중하는 대신, 다시 일어서려는 나의 의지를 사랑하기로 했다.** 그 의지를 소중히 하기로 했다.

미라클 노트가 '미라클' 노트인 이유는, 포기하지 않는 당신의 의지 때문이다. 그 어떤 순간에도, 자기 자신을, 그리고 지금 이 삶을 포기하지 않는 뜨거운 의지가 미라클 노트를 만든다. 그리고 그 의지가 당신 삶의 기적을 만든다. 세상 그 무엇도 당신의 의지를 이기지 못한다. 당신은 모든 것을 이길 만큼 충분히 강하다.

변화는 한 번에 일어나지 않는다. 서서히 진행되는 것이다. 나도 모르는 사이에 조금씩 진행된다. 1~2년 뒤에 돌아보면, '와, 내가 이렇게 변했어?' 느끼는 것이다. 당연히 한 번에 안 된다. 안되는 것을 즐겨야 한다. 다시 예전으로 돌아가는 내 모습도 즐기자. 즐기면 반드시 이긴다. 정말 중요한 것은 포기하지 않는 마음이다.

'돈이 부족해'에서 '돈이 충분해'로 가는 과정은, '난 부족해'에서 '난 충분해'로 가는 과정과 정확히 같다. 삶을 보는 눈이 바뀌면 자기 자신을 보는 눈이 함께 바뀐다. 삶의 배경이 바뀌면 나는 저절로 바뀐다.

그 대신 배경은 서서히 바뀐다. 내가 기대한 것보다 훨씬 더 천천히 바뀐다. 그래서 즐겨야 한다. 그 모든 과정을, 그 소중한 한 걸음 한 걸음을 즐기자. 넘어진 그 순간과 뜨겁게 춤출 수 있는 자만이 삶의 기적을 만들 수 있다.

한 걸음 한 걸음 오랜 시간이 걸려 저 밑바닥에서 맨 꼭대기까지 오른 경험은, 그 누구도 쉽게 흉내 낼 수 없는 빛나는 나의 자산이다. 그 자산은 나에게 힘을 준다. **그 어떤 순간에도 다시 일어설 수 있다는 나에 대한 뿌리 깊은 믿음과 확신**을 준다. 나에 대한 앎, 진짜 내가 누구인지 아는 기쁨은, 세상 그 무엇과도 바꿀 수 없다. 단언컨대 최고다.

자기 치유의 끝

에메랄드빛 바다. 바닥이 훤히 보이는 깨끗하고 투명한 물. 나는 바다를 헤엄치고 있다. 차지도 뜨겁지도 않은 적당한 물. 기분 좋은 온기가 온몸을 감싼다. 바로 그때다. 저 앞을 바라보며 '저기 가고 싶다' 생각한 순간, 파도가 출렁이며 저절로 나를 그곳으로 데려다준다. 아무 노력도 어떤 애씀도 없다. 내가 가고 싶은 곳을 떠올리기만 하면, 파도가 저절로 나를 그곳으로 데려다준다.

내가 몇 달 전 꾸었던 꿈이다. 지금도 미라클 노트를 쓸 때면 나는 꿈속 장면을 떠올린다. 꿈속의 기분 좋은 파도처럼, **미라클 노트가 내 삶의 달콤한 파도, 기분 좋은 흐름을 만들어주기 때문이다.**

힘들게 애쓰며 나를 증명하는 것은 '두려움'의 언어다. 부족해질 수 있다는 두려움, 사랑받지 못할 수 있다는 두려움은, 억지로 노력하고 애쓰게 만든다. 쉽게 나를 지치게 한다. 그리고 쉽게 포기하게 만든다.

나는 원래 부족하기에, 나를 충분하게 만들어 줄 무언가가 필요하다. 인정받기 위해, 부족한 존재가 되지 않기 위해 나는 무언가를 추구한다. 내가 나의 열등감을 덮기 위해 MBA를 가고, 창업을 했던 것처럼 말이다.

자기 치유의 끝은, 나에 대한 앎으로 돌아가는 것이다. 있는 그대로 완벽한 나. 언제나 충분한 나. 안전한 나. 영혼은 언제나 내가 충분하다는 것을 안다. 그리고 영혼의 반대편에 머릿속 목소리가 있다. 머릿속 목소리가 말하는 나를 믿는 순간, 나는 두려움에 사로잡힌다.

'나는 이게 부족해. 이걸 더 해야 해. 그래야 당당해질 수 있어.
그래야 사랑받을 수 있어. 쟤는 이게 있는데, 나는 없어.'

영혼은 머릿속 목소리가 말하는 그 무엇도 내가 아님을 확실히 안다. 생각이 내가 아님을 정확히 안다. 언제나 내가 충분하다는 것을 안다. 그래서 애써 나를 증명해야 할 필요를 느끼지 않는다. 이미 완벽한데 애써 증명할 필요가 있을까?

세상 그 무엇도 내가 아님을 알기에 진정으로 즐길 수 있다. 삶은 안전하다. 삶은 완벽한 놀이다. 삶은 힘들게 애써서 무언가를 얻어내는 것이 아니라, 이미 많은 내 것 중에서 하나를 선택하는 것이다. 삶은 그 자체로 기분 좋은 흐름이다. 단지 내가 해야 할 일은, 영혼에게 물어보는 것이다.

'나는 누구인가? 나는 진정 누구인가?'

머릿속 목소리에 사로잡히지 않는 것. **영혼의 앎을 존중하는 것.** **앎으로부터 멀어진 나를 다시 되돌려 나의 뿌리로 돌아가는 것.** 이것이 삶을 제대로 즐기기 위해 지금 내가 해야 할 일이다.

어차피 부자야

난 왜 이렇게 가난할까? 난 언제쯤 부자가 될 수 있을까?

나보다 돈이 많은 누군가를 보고, 이런 생각을 해본 적이 있는가? 나는 꽤 오랫동안 이런 생각을 했다. 그러던 어느 날, 나는 그토록 오랜 시간 내가 부자가 되지 못했던 이유를 알게 되었다. 내가 부자가 되지 못했던 이유는, **돈이 부족해서가 아니라 '지금'을 바라보는 나의 '눈' 때문이었다.**

부자가 되는 법은 간단하다. 지금 이 순간부터 나를 부자의 눈으로 보면 된다. 100만 원이 있어도 내가 가진 돈을 귀하게 여기면 부자가 될 수 있다. 10억이 있어도 100억이 있는 사람과 나를 비교하면 가난해진다. 내가 부자가 되는 기준은 온전히 나의 것이다. 내가 그 기준을 만들어야 한다.

영혼은 소중한 나를 다른 사람과 비교하지 않는다. 영혼은 나 자신을 괴롭히지 않는다. 영혼은 삶이 언제나 나를 잘 보살필 것을 안다. 필요한 때에 충분한 돈이 내 옆에 있을 것을 안다. 언제나 내가 안전하고 충분하다는 것을 안다. 그리고 이 영혼과 연결되는 언어가 바로 '감사'다.

감사는 영혼의 향기다. 그리고 돈은 이 향기를 좋아한다. 돈의 사랑을 받는 법은 이처럼 간단하다. 돈이 준 기쁨에 감사하며 그 기쁨을 충분히 느끼고 표현하는 것은 지금 이 순간에도 당장 할 수 있다.

단지 전제 조건이 하나 있다. 돈에 대해 그동안 내가 가졌던 생각의 뿌리를 완전히 뽑아야 한다.

'난 돈이 부족해.'
'돈이 충분하지 않아.'
'돈은 나를 힘들게 해.'

그동안 믿었던 돈에 대한 이런 생각을 내가 믿지 않으면 어떻게 될까?

'돈이 많아야 인정받을 수 있어.'
'돈을 더 벌어야 사랑받을 수 있어.'
'삶에서 안전해지려면, 돈이 있어야 해.'
'행복해지려면 돈이 더 많아야 해.'

돈에 대한 이런 생각을 믿지 않는다면? 더 나아가 '이 생각이 나'라는 뿌리 깊은 믿음을 버린다면 어떻게 될까?

돈이 쉬워진다. 진짜 내가 된다. 그리고 돈이 더 이상 중요해지지 않는다. 오직 중요한 것은, **지금 이 순간 진짜 나로 사는 것**이다. 내가 선택한 것이 기분 좋은 흐름을 타고 어차피 나에게 올 것을 안다. 그저 나는 삶이 어떻게 이루어주는지 여유롭게 바라볼 뿐이다.

돈에 대한 뿌리 깊은 생각을 버리자. 돈과 처음부터 다시 만나자. 깨끗하고 진실되게 돈을 대하자. 돈에 대한 원망을 멈추고, 돈을 바라보는 나를 바꾸자. 나를 바꾸면 돈이 바뀐다.

두려움아, 어서 와

나는 사람들이 부러워할 만한 부자가 아니다. 그런데도 이 책을 쓴 이유는, 돈이 힘들었던 내가 돈에 대한 상처를 버리고 돈을 믿고 신뢰하기까지의 과정을 독자들과 나누고 싶었기 때문이다.

태어날 때부터 돈이 쉬운 사람도 있다. 하지만, 나처럼 돈이 어렵고 힘든 사람도 있다. 멘탈이 남다르게 강한 사람도 있다. 하지만 나처럼 멘탈이 약하고 여린 사람도 있다. 멘탈이 약하고 돈에도 약하지만, 그런 내가 나를 바꾸었듯이 이 글을 읽는 누구나 자신을 변화시킬 수 있다. 이 책은 바로 그런 사람들을 위한 책이다.

만일 누군가가 지금의 나에게 두려움이 전혀 없냐고 묻는다면, 나의 답은 '아니오'다. 나는 여전히 돈이 힘들 때가 있다. 다만 달라진 것은, 두려움이 내가 아님을 예전보다 빨리 깨닫는다. '진짜 내가 누구인지' 하는 진실과 빨리 연결된다.

나는 내가 두려움이 아님을 안다. 예전에는 두려움이 익숙했지만, 지금은 두려움이 불편하다. 진정한 나는 두려움이 아니라는 것을 알기 때문이다. 두려움을 사랑으로 확실하게 바꾸는 방법, 두려움으로 꽁꽁 얼어붙은 나를 따뜻하게 녹이는 방법을 나는 안다. 그리고 그 방법이 내 삶에서 가장 큰 무기다.

나는 몸에 깃든 사랑이다. 몸 안에 깃든 신이다. 내 안의 사랑과 연결되면 나는 무엇이든 창조할 수 있다. 돈에 묻은 나를 확실히 떼어내면 오직 사랑만이 남는다. 그때, 돈은 나를 위해 존재한다. 나는 겁이 없다. 나는 계산하지 않는다. 나는 행동한다.

두려움과 친해지자. 두려움과 손잡고 두려움과 춤추자. 두려움은 내가 아니니 얼마든지 그래도 된다. 내가 두려움을 두려워하지 않고 환영할 때, 두려움은 내게서 떨어져 나간다. 그리고 사랑만이 남는다. 사랑은 강하다. 멈추지 않는다. 그리고 사랑하면 인생이 즐겁다.

달콤한 재즈 음악처럼, 나의 삶에도 달콤한 향이 가득하다. 돈은 더 이상 나에게 결핍을 주지 않는다. 돈은 기쁨이다. 내 삶이 그렇듯, 돈 또한 아름답다. 그리고 나 또한 지금 모습 그대로 아름답고 완벽하다. 이것이 삶과 나에 대한 진실이다.

미라클 노트는 내가 진실과 접속하는 소중한 버튼이다. 돈과 친해지고 싶은 당신, 이 세상 누구보다 강하고 아름다운 당신과 그 버튼을 나누고 싶다.

돈에 지친 당신을 위한 미라클 노트
-저절로 돈이 붙는 마음공부 안내서

발행일 1쇄 2022년 2월 10일

지은이 이선경
펴낸이 여국동

펴낸곳 도서출판 인간사랑
출판등록 1983. 1. 26. 제일 - 3호
주소 경기도 고양시 일산동구 백석로 108번길 60 - 5 2층
물류센타 경기도 고양시 일산동구 문원길 13 - 34(문봉동)
전화 031)901 - 8144(대표) | 031)907 - 2003(영업부)
팩스 031)905 - 5815
전자우편 igsr@naver.com
페이스북 http://www.facebook.com/igsrpub
블로그 http://blog.naver.com/igsr
인쇄 인성인쇄 **출력** 현대미디어 **종이** 세원지업사

ISBN 978 - 89 - 7418 - 860 - 3 03810